SIMONE & MARIE

V

LE FILS

LIBRAIRIE DE E. DENTU, ÉDITEUR

OUVRAGES DU MÊME AUTEUR
Collection grand in-18 jésus à 3 francs le volume

LE MARI DE MARGUERITE, 13ᵉ édition.	3	vol.
LES TRAGÉDIES DE PARIS, 7ᵉ édition.	4	—
LA VICOMTESSE GERMAINE, 7ᵉ édition	3	—
LE BIGAME, 6ᵉ édition.	2	—
LA MAITRESSE DU MARI, 5ᵉ édition.	1	—
LE SECRET DE LA COMTESSE 5ᵉ édition.	2	—
LA SORCIÈRE ROUGE, 4ᵉ édition.	3	—
LE VENTRILOQUE, 4ᵉ édition.	3	—
UNE PASSION, 4ᵉ édition.	1	—
LA BATARDE, 3ᵉ édition.	2	—
LA DÉBUTANTE, 3ᵉ édition	1	—
DEUX AMIES DE SAINT-DENIS, 4ᵉ édition.	1	—
SA MAJESTÉ L'ARGENT, 5ᵉ édition.	5	—
LES MARIS DE VALENTINE, 3ᵉ édition.	2	—
LA VEUVE DU CAISSIER, 3ᵉ édition	2	—
LA MARQUISE CASTELLA, 3ᵉ édition.	2	—
UNE DAME DE PIQUE, 3ᵉ édition.	2	—
LE MÉDECIN DES FOLLES, 4ᵉ édition.	5	—
LE CHALET DES LILAS, 3ᵉ édition.	2	—
LE PARC AUX BICHES, 3ᵉ édition.	2	—
LES FILLES DE BRONZE, 3ᵉ édition	5	—
LE FIACRE Nº 13, 4ᵉ édition.	4	—
JEAN-JEUDI, 3ᵉ édition.	2	—
LA BALADINE, 3ᵉ édition.	2	—
LES AMOURS D'OLIVIER, 3ᵉ édition	2	—
SON ALTESSE L'AMOUR, 3ᵉ édition	6	—
LA MAITRESSE MASQUÉE, 3ᵉ édition.	2	—
LA FILLE DE MARGUERITE, 3ᵉ édition	6	—
MADAME DE TRÈVES, 3ᵉ édition	2	—
LES PANTINS DE MADAME LE DIABLE, 3ᵉ édition. . .	2	—
LA MAISON DES MYSTÈRES, 3ᵉ édition.	2	—
UN DRAME A LA SALPÊTRIÈRE, 3ᵉ édition	2	—
SIMONE ET MARIE, 3ᵉ édition.	2	—
L'ŒIL DE CHAT, 3ᵉ édition	2	—

SOUS PRESSE :

LE DERNIER DUC D'HALLALI.
LES FILLES DU SALTIMBANQUE.

F. Aureau. — Imprimerie de Lagny

XAVIER DE MONTÉPIN

SIMONE & MARIE

V

LE FILS

PARIS

E. DENTU, ÉDITEUR

LIBRAIRE DE LA SOCIÉTÉ DES GENS DE LETTRES

PALAIS-ROYAL, 15-17-19, GALERIE D'ORLÉANS

1883

SIMONE & MARIE

TROISIÈME PARTIE

LE FILS

I

Cette exclamation de Maurice : — *Malheureux que je suis, j'ai tué mon père!...* — retentit comme un coup de tonnerre dans le petit salon de la rue de Suresnes.

— Votre père !... — s'écria Lartigues abasourdi. — Votre père... ah ! çà, mais...

Il n'acheva pas.

Le faux abbé Méryss venait de lui saisir le poignet pour lui imposer silence, et ce fut lui qui reprit la parole :

— Expliquez-vous... — dit-il à Maurice que l'émotion semblait affoler.

— J'ai tué mon père !... — répétait le jeune homme.

Lartigues se sentait remué jusque dans les moelles.

— Parlez... parlez... — balbutia-t-il à son tour.

Maurice prit sur la table une carafe, remplit d'eau un grand verre, le vida d'un trait, et retrouva le sang-froid nécessaire pour raconter à ses auditeurs stupéfaits tout ce que madame Rosier lui avait raconté à lui-même.

Il arrêta son récit au moment où le comte Yvan venait de faire passer sa carte à Aimée Joubert.

Verdier et Lartigues avaient écouté Maurice avec autant de surprise que d'épouvante.

Lartigues, n'osant prononcer un mot, s'expliquait la sympathie mystérieuse qui dès le premier jour l'avait poussé vers ce jeune homme, — son fils, — et attachait sur Maurice des regards pleins d'une admiration attendrie.

— Ah ! ah!... — fit Verdier après un silence, — le fils de la comtesse Kourawieff est à Paris, et il se ligue avec Aimée Joubert qui fait partie de la police et qui cherche Lartigues !... — C'est sérieux et nous sommes vraiment menacés...

— Il faut nous débarrasser d'Aimée Joubert... — dit Lartigues.

— Nous en débarrasser ! — Comment ?... — demanda Maurice.

— En la supprimant, parbleu !

— Vous ne la supprimerez pas ! — s'écria Maurice.

— Qui nous en empêchera ?

— Moi... — C'est ma mère... — Je la défendrai... — Je ne veux pas qu'on la tue !...

— Aimez-vous mieux qu'elle nous livre ?

— C'est ma mère... — répéta Maurice. — C'est déjà trop d'avoir tué mon père, je vous empêcherai de toucher à ma mère...

— Assez de discussions inutiles ! — dit impérieusement Verdier. — Jusqu'à ce jour nous avons échappé aux recherches d'Aimée Joubert et du comte Kourawieff, nous serons assez habiles pour y échapper encore... Tenons-nous sur nos gardes, redoublons de prudence et de précautions, travaillons sans relâche à la réussite de notre grand projet et, aussitôt millionnaires, nous passerons en

Amérique où nous n'aurons plus rien à craindre...

— Vous ne savez pas tout... — reprit Maurice. — Le danger n'est pas seulement où vous le voyez... il est plus près de nous... il nous touche, et demain peut-être il sera trop tard pour lui échapper.

— Demain ?... — répétèrent à la fois Lartigues et Verdier.

— Oui, car demain Octavie mon ancienne maîtresse, aujourd'hui la favorite du comte Yvan, sera arrêtée; elle parlera, je serai perdu sans ressources et tous nos plans s'écrouleront...

— Octavie? le comte Yvan? — murmura Verdier, — que signifie cela?

Maurice raconta tout d'une haleine l'histoire du bouton de manchette.

— Tonnerre ! — s'écria Lartigues. — Si cette fille parle, et il me paraît trop certain qu'elle parlera, Maurice est positivement en péril. — Je suis d'avis qu'il doit quitter Paris cette nuit-même...

— Fuir, c'est se déclarer coupable... — répliqua Verdier.

— Que faire, alors ?

— Il ne faut pas qu'Octavie dise à qui appartient ce bouton !... — Il ne faut pas qu'elle parle!...

— Comment l'en empêcher ? — demanda Maurice. — Une fois arrêtée, elle prendra peur et dira tout ce qu'elle sait...

— Pouvez-vous voir Octavie cette nuit ? — fit Verdier.

— Oui.

— Chez vous, ou chez elle ?

— Chez elle.

— Mais le comte ?

— Je suis certain qu'elle sera seule et j'ai la clef de sa maison et celle de son appartement... — Il m'est possible de pénétrer jusqu'à sa chambre sans que personne s'en doute...

— Alors tout va bien ! — dit Verdier en tirant son portefeuille qu'il ouvrit, et en prenant dans l'une des cases une gaine en cuir de Russie renfermant une forte aiguille d'or longue de dix à douze centimètres.

Il montra cette aiguille à Maurice et poursuivit :

— Pénétrez auprès d'Octavie... — Voici qui vous répondra de son silence... — Quand on viendra l'arrêter demain matin, on la trouvera morte...

Le jeune homme fit un geste d'horreur.

— Tuer cette malheureuse... — balbutia-t-il. —

Commettre un crime si lâche... je n'en aurai jamais le courage...

Verdier haussa les épaules et répliqua :

— Vous me faites pitié ! — Avez-vous hésité à frapper un homme et une femme dans la nuit du 19 au 20 décembre ?... et pourtant votre peau n'était pas en jeu ! — Il ne s'agit point d'un crime aujourd'hui, puisque vous êtes dans le cas de légitime défense ! Si vous laissez Octavie parler, l'échafaud vous attend... — Choisissez donc entre sa vie et la vôtre...

Maurice frissonnait, mais le raisonnement de Verdier triompha sans peine de son hésitation momentanée.

— Allons, — murmura-t-il, — c'est la fatalité qui me mène !... — Octavie ne parlera pas.

Puis, après avoir mis dans son portefeuille la gaine de cuir de Russie, il quitta ses associés et, regagnant la voiture qui l'avait amené et l'attendait, il se fit conduire rue de Navarin.

— Une lettre pour vous, monsieur Maurice... — lui cria sa concierge en le voyant passer.

Le jeune homme prit la lettre et reconnut les pattes de mouche d'Octavie.

Une fois dans son appartement il alluma une

bougie, déchira l'enveloppe et lut les trois lignes de la jeune femme.

— Elle m'attend... — murmura-t-il ensuite en brûlant la lettre. — C'est elle-même qui se condamne à mort.

Après avoir revêtu un costume de voyage qui modifiait singulièrement son apparence, et s'être muni des deux clefs envoyées quelques jours auparavant par Octavie, il sortit de chez lui, calme, froid, résolu, tel enfin que nous l'avons présenté à nos lecteurs au début de ce récit.

*
* *

A peine Maurice avait-il quitté l'hôtel de la rue de Suresne que Lartigues s'écriait avec une sorte d'ivresse :

— C'est mon fils ! c'est mon fils ! — Et tu m'as empêché de l'embrasser ! et tu lui as laissé croire qu'il a tué son père !...

— Certes ! — répliqua le faux abbé Méryss, — et je m'en vante !... — J'agissais en homme sage !

— Maurice était fou, surexcité, hors de lui-même...

— A quoi bon lui révéler en un tel moment un secret de cette importance ? — Il saura que tu es son père quand il nous aura mis en possession de l'héritage d'Armand Dharville en nous débarrassant de Marie Bressolles et de Simone... — Ce sera bien assez tôt...

— Si tu savais combien j'ai hâte de le serrer contre ma poitrine, de l'embrasser...

— Prends garde ! — dit Verdier en riant. — Tu deviens sentimental et bénisseur, c'est mauvais signe ! Tu vieillis, mon bon !

— Que veux-tu, c'est mon fils et je suis fier de lui !... — Il est ce que j'étais à son âge !...

Et deux grosses larmes mouillèrent les joues du bandit émérite.

— Allons, pas de faiblesse ! — reprit Verdier. — Redeviens homme... tu seras père plus tard, tout à ton aise... — On nous menace, songeons à nous défendre !...

— Le meurtre d'Octavie est-il prudent ?... Est-il indispensable ?

— Bien plus que ne l'aurait été celui d'Aimée Joubert. — Nous n'avons pas grand'chose à craindre de la policière... — Son fils est notre otage... ou plutôt notre bouclier...

— Maurice ??

— Oui... — Supposons qu'Aimée Joubert découvre en lui l'assassin du Père-Lachaise et de la rue Montorgueil, te figures-tu qu'elle l'enverrait à la guillotine ?

— Non je ne le crois pas...

— Et moi je suis sûr du contraire... — Elle protégerait sa fuite et par conséquent la nôtre... — Je te le répète, Maurice est pour nous une égide...

Laissons ensemble les deux misérables et rejoignons Aimée Joubert que nous avons laissée se rendant à la préfecture de police.

Le chef de la sûreté la reçut immédiatement.

Elle le mit au fait de ce qui se passait et, après avoir prié madame Rosier de se trouver le lendemain matin vers huit heures à l'angle de la rue Caumartin dans une voiture, pour le cas où sa présence serait utile, il s'occupa des mesures relatives à l'arrestation d'Octavie.

Aimée Joubert prit congé du magistrat et rentra chez elle vers dix heures, au grand contentement de Madeleine qui voyait avec désespoir, à mesure que le temps passait, le dîner devenir de plus en plus inmangeable.

Le chef de la sûreté fit appeler le commissaire aux délégations de service, et ils s'entretinrent longuement.

Cette piste singulière, trouvée par le comte

1.

Yvan chez une femme à la mode connue de tout
Paris, les surprenait beaucoup. — La belle Octavie
leur paraissait ne se rattacher par aucun lien vrai-
semblable à l'histoire sinistre du double assassinat.

Mais en matière criminelle tout est possible,
même l'impossible. — Les deux magistrats le sa-
vaient bien.

Vers onze heures et demie, après avoir examiné
les choses sous toutes leurs faces et discuté le pour
et le contre, ils échangèrent une poignée de main.

— Peut-être aurait-il été sage de faire surveiller
la maison par des agents... — dit le commissaire
aux délégations au moment de se retirer.

— En effet, mais le récit du comte Yvan nous
donne lieu de croire que la femme en question ne
soupçonne rien et ne songe point à disparaître.
Je vais d'ailleurs prendre avec moi deux hommes
et aller avec eux jeter un coup d'œil sur le logis où
la belle Octavie repose.

— Quelle fatigue pour vous !!

— Fatigue dont j'ai l'habitude... — Qui sait, d'ailleurs, si je ne me féliciterai pas de m'être dérangé
cette nuit... — Nous nous retrouverons ici demain,
à six heures du matin, pour partir ensemble...

— C'est convenu...

II

Après le départ du commissaire aux délégations, le chef de la sûreté quitta son cabinet et se rendit au poste des agents.

Une demi-douzaine de *numéros* s'y trouvaient en permanence.

— Jodelet est-il ici? — demanda le chef en ouvrant la porte.

Les hommes saluèrent respectueusement.

Martel s'avança et répondit :

— Non, monsieur... — Il est en observation...

— Où?

— A l'entrée de la rue Caumartin.

— Voilà un gaillard qui a eu la même idée que

moi... — pensa le magistrat, — mais comment cette idée lui était-elle venue ?...

Il allait questionner.

Martel reprit :

— C'est madame Rosier qui l'y a envoyé.

— Elle pense à tout... — murmura le chef avec un sourire, puis il ajouta : — A quelle heure est-il parti ?

— Un peu avant onze heures.

— Eh bien, venez avec moi, Martel... — Nous retrouverons Jodelet là-bas...

L'agent suivit son chef.

Le temps était très sombre.

Un brouillard glacial, épais, dont l'odeur nauséabonde prenait à la gorge, couvrait Paris.

Le chef de la sûreté arrêta un fiacre qui passait à vide, fit monter Martel dans ce fiacre à côté de lui, et chemin faisant le mit au courant de la situation.

Une heure sonnait au moment où la voiture arriva rue Caumartin.

L'intensité du brouillard augmentait. — On ne voyait pas les objets à dix pas de soi. — Les becs de gaz formaient des taches jaunes et blafardes au milieu de ce voile opaque.

Les deux hommes mirent pied à terre à l'angle du boulevard et de la rue Caumartin.

Tout près d'eux, sur le trottoir, un petit crépitement se fit entendre, une faible lueur brilla, grandit, et s'éteignit presque aussitôt.

— Ça doit être Jodelet qui allume son cigare... — dit Martel. — Par ce sacré temps-là, personne ne reste dans la rue pour son plaisir.

Le chef et l'agent se dirigèrent du côté de l'homme qui venait en effet d'allumer un cigare et qui se promenait à pas réguliers.

En entendant marcher dans sa direction l'homme fit halte.

C'était Jodelet.

Il reconnut les nouveaux venus et salua militairement.

— Quoi de nouveau ? — lui demanda le chef.

— Je serais fort embarrassé pour répondre catégoriquement, — dit Jodelet. — Du nouveau, il n'y en a point, et cependant je crois que je ne perdrai pas tout à fait mon temps...

— Flairez-vous donc quelque chose de louche ?

— Oui et non...

— Expliquez-vous...

— La maison désignée est celle-là... — Eh bien !

on y entre sans demander le cordon... — J'ai vu, depuis une demi-heure, deux personnes ouvrir successivement la porte avec des clefs dont elles étaient munies... — Si ces gens-là sont des locataires de l'immeuble ils resteront chez eux, à cette heure et par ce temps... — Si, au contraire, ce sont des étrangers amenés par un motif quelconque plus ou moins suspect, ils ne resteront pas... — J'appuierai donc une chasse sérieuse au premier que je verrai sortir avant le jour...

— Je vous approuve, — répondit le chef, — et nous allons vous tenir compagnie, car deux personnes peuvent sortir l'une après l'autre ; — pendant que vous fileriez la première, Martel filerait l'autre et je resterais en surveillance.

— Ce brouillard est gênant... — fit Jodelet.

— Oui, mais il a cela de bon qu'il nous empêche d'être remarqués et qu'il rend déserts les boulevards... — Séparons-nous... — Que chacun de vous se place à droite et à gauche à dix pas de la porte... — Moi je resterai en face... — De cette façon, qui que ce soit sortant de la maison ne pourra nous échapper... — L'appartement de la demoiselle est au premier étage, je crois ?

— Oui, monsieur...

— Avez-vous remarqué de la lumière sur la rue ?

— Aucune... — Tout est hermétiquement clos...

— A nos postes, alors...

Le chef de la sûreté, payant de sa personne comme un bon capitaine, et les deux agents, prirent les positions indiquées.

Martel se plaça du côté de la rue Caumartin.

Jodelet, du côté du boulevard.

En face, — à l'angle aigu du triangle, — le magistrat.

L'épaisseur du brouillard augmentait encore et bientôt les guetteurs nocturnes devinrent invisibles les uns pour les autres.

Laissons-les grelotter dans l'atmosphère humide, et franchissons le seuil de la demeure qu'ils surveillaient.

Vers minuit et demi Maurice, le regard sombre et le front plissé, avait ouvert la porte d'entrée en se servant de la clef d'Octavie, gravissait lentement l'escalier recouvert d'un tapis dont la moquette épaisse assourdissait le bruit de ses pas, et s'arrêtait sur le palier du premier étage.

En arrivant près de la maison il n'avait pas même remarqué la silhouette d'un homme immobile de l'autre côté de la rue et, l'eût-il remarquée, la présence de cet homme n'aurait certainement point excité sa défiance.

Octavie attendait Maurice non seulement avec impatience, mais avec inquiétude.

Aux aguets derrière la porte entr'ouverte du vestibule, elle fit entrer le jeune homme et l'entraîna dans sa chambre à coucher après avoir fermé les verrous intérieurs de la première porte.

— Enfin, te voici ! — murmura-t-elle. — Je ne vivais plus...

— Que se passe-t-il donc, — demanda Maurice, — et qu'as-tu de grave à m'apprendre ? — Ton court billet m'a singulièrement intrigué ; donc j'attends le mot de l'énigme.

— Une question d'abord... — fit Octavie...

— Laquelle ?

— As-tu retrouvé le bouton de manchette que tu avais perdu au mois de décembre ?... — Tu sais, le petit fer à cheval !... Et en as-tu parlé à quelqu'un ?

— Non, je ne l'ai pas retrouvé... et n'en ai parlé à personne...

— Ouf ! —s'écria Octavie avec un soupir de contentement. — Quel poids de moins sur les épaules.

— A quel propos ?

— Ce maudit bouton pouvait faire manquer mon mariage...

— Comment ?

— Figure-toi que le comte est jaloux comme une panthère, — je te l'ai déjà dit, d'ailleurs, — et qu'ayant vu chez moi par hasard le bouton dépareillé que je t'avais repris, il est devenu tout à coup singulièrement grincheux, preuve qu'il avait des soupçons.

Et la fille de Claudine Charvet raconta mot pour mot ce qui s'était passé entre elle et le comte Yvan.

Maurice haussa les épaules.

— Tu es absolument toquée, ma pauvre amie ! — répondit-il. — Les questions du comte qui t'ont semblé singulières étaient parfaitement naturelles... — Peut-être y a-t-il eu chez lui d'abord un peu de jalousie en voyant que de tous tes joyaux celui-là était le seul qu'il te plût de garder ; mais tu lui as donné une explication si simple, si plausible, que sa défiance a dû se dissiper aussitôt, et j'en trouve la preuve dans son désir de t'être agréable en se chargeant de faire appareiller le bouton.

— Je commence à croire que tu pourrais bien avoir raison, mais j'ai eu terriblement peur... — Que veux-tu ? Je me suis mis dans la tête de devenir comtesse Smoïloff, et pour rien au monde je ne renoncerais à cette idée-là !... — Non, mais me vois-tu comtesse, véritablement comtesse, avec des centaines de mille roubles de revenus ?... — C'est maman qui serait contente !... — Me voici complètement rassurée... — Causons... — Tu es un homme de beaucoup d'esprit... — Je veux te consulter sur la marche à suivre pour conserver mon influence sur Yvan, et l'amener au mariage...

— La fille d'Ève la plus naïve en sait plus long à ce sujet que tout un cénacle d'hommes d'esprit ! — répondit Maurice en riant. — Mais enfin je ne demande pas mieux... Causons...

La conversation se prolongea.

Vers deux heures du matin Octavie, fatiguée par les émotions qu'elle avait subies dans l'après-midi du jour précédent, s'assoupit peu à peu.

Ses paupières battirent, — sa tête roula d'une épaule à l'autre, puis se pencha sur sa poitrine; — ses yeux se fermèrent; — elle dormait d'un profond sommeil.

— Voici le moment... — pensa Maurice en prenant son portefeuille.

Il en sortit la gaine de cuir de Russie d'où il tira l'aiguille d'or.

Ensuite, passant derrière la chauffeuse, il se pencha vers Octavie, écouta sa respiration, approcha la pointe de l'aiguille de la nuque découverte par la position de la tête et par les cheveux relevés très haut, chercha légèrement du bout du doigt le point de jonction de deux vertèbres et, l'ayant trouvé, enfonça d'un coup brusque l'aiguille dans la chair où elle entra tout entière et disparut sans faire jaillir une goutte de sang.

Octavie n'ouvrit même pas les yeux.

Un faible tremblement secoua son corps.

Ce fut tout.

L'aiguille d'or passant entre les vertèbres avait touché le cerveau, amenant la mort foudroyante.

Ni souffrance, ni agonie. — rien, pas même un soupir.

Maurice impassible contempla son œuvre.

Peut-être était-il un peu plus pâle que de coutume, mais son visage n'exprimait ni l'épouvante ni l'horreur qui presque toujours, même chez les meurtriers les plus endurcis, suivent l'accomplissement du crime.

— Il le fallait ! — murmura-t-il. — Ici-bas, chacun pour soi !...

Avec un effroyable sang-froid il déshabilla le

corps inerte, le porta sur le lit, l'étendit sous les couvertures, borda les draps et affaissa l'un des oreillers.

Il sortit ensuite de l'appartement dont il referma la porte à double tour derrière lui, descendit l'escalier sans bruit et arriva à la porte de la maison.

III

Là il chercha la clef dont il était muni, mais, au moment d'introduire cette clef dans la serrure, il s'arrêta.

Il venait d'entendre marcher en sifflottant dans la rue.

Une minute s'écoula.

Le fils d'Aimée Joubert prêtait toujours l'oreille.

Le bruit des pas cessa de se faire entendre. — Un silence absolu s'établit au dehors.

Le jeune homme ouvrit alors, ou plutôt entre-bâilla la porte.

Une sorte de muraille d'un gris sombre s'étendait devant lui.

— Le brouillard a singulièrement augmenté...
— murmura-t-il. — Bonne affaire pour moi...

Il releva son cache-nez jusqu'au-dessus de sa bouche, abaissa son chapeau sur ses yeux, franchit le seuil et referma doucement derrière lui ; mais, malgré toutes ses précautions, il ne put empêcher le léger claquement de la porte rentrant dans son cadre d'arriver à l'oreille du chef de la sûreté et des deux policiers en observation.

Tous les trois se dirent mentalement :

— On vient de sortir de la maison.

Et ils retinrent leur haleine pour mieux entendre.

Maurice tourna du côté où se trouvait Martel.

L'agent marchait en zigzaguant et en titubant comme un homme ivre.

En se croisant avec Maurice, il le heurta du coude.

L'assassin de la belle Octavie passa sans rien dire.

Un ivrogne dans ce quartier lui paraissait suspect.

Il marcha plus vite.

Martel, fertile en précautions, était toujours muni de larges espadrilles qu'il passait au besoin par-dessus ses chaussures et qui l'empêchaient d'être entendu. — Il emboîta le pas au jeune homme filant dans l'épaisseur du brouillard, et dont la silhouette restait vaguement perceptible.

Le chef de la sûreté avait rejoint Jodelet.

— Martel file l'individu qui vient de sortir... — lui dit-il.

— Oui, — répliqua l'agent, — et cette sortie me paraît louche... — Continuons à veiller... — Ce particulier n'était peut-être pas seul là dedans...

— En tout cas, — fit une femme qui, grâce au brouillard, venait de s'approcher sans être vue, — s'il était seul nous saurons où il demeure et on le priera d'expliquer ce qu'il venait chercher dans cette maison et pourquoi il en est sorti au milieu de la nuit.

— Madame Rosier ! — s'écria Jodelet reconnaissant la voix.

— Chut ! — Ne prononcer pas mon nom... surtout ne le prononcez pas si haut... — Il y a plus d'une heure que je suis là... — J'avais constaté votre présence et je veillais de mon côté...

— Avez-vous vu l'homme que suit Martel ?...

— Il a passé près de moi, mais on distingue mal dans cette obscurité. — J'ai cru voir cependant que son cache-nez lui montait jusqu'aux yeux...

— Quelle démarche ?

— Celle d'un homme dans la force de l'âge...

— Martel est un bon fileur... — dit Jodelet. — Il ne le perdra pas de vue...

— A nos postes ! — commanda le chef de la sûreté. — Madame Rosier prendra la place de Martel...

On se remit en observation.

Maurice marchait toujours, rapidement, l'oreille au guet.

En dépit des espadrilles de Martel il entendit un faible bruit derrière lui.

— Tonnerre du diable ! — murmura-t-il. — On me file ! ! — C'est ma mère qui fait des siennes !... Bonne mère, il lui faut ma tête pour la guillotine!... — Nous verrons bien...

Et il augmenta sa vitesse.

Au lieu de tourner dans la direction de la rue de Navarin, il enfila la rue d'Amsterdam.

Martel, à quinze pas en arrière, conservait sa distance.

— Tu peux marcher, gredin ! — pensait-il. — Je ne te perdrai pas de vue... où tu iras, j'irai...

. . . .

. . . .

Le temps passait.

L'épaisseur du brouillard couvrant Paris ne diminuait pas.

Les policiers placés en vedette rue Caumartin s'impatientaient d'une faction si longue et qui semblait devoir être inutile, la porte de la maison habitée par Octavie restant close.

Trois heures sonnèrent, puis quatre, puis cinq.

Quelques voitures commençaient à circuler dans les rues ; les ouvriers allaient à leurs travaux ; les balayeurs passaient par escouades ; les boutiques des marchands de vin s'ouvraient ; les laitiers déposaient leurs boîtes de fer-blanc sous les portes cochères.

Le chef de la sûreté fit un signe.

Aimée Joubert et Jodelet le rejoignirent aussitôt.

— Nous pouvons nous retirer... — dit-il à madame Rosier. — Vous, Jodelet, restez ici et ne perdez pas de vue la maison... — En cas d'incident je compte sur votre intelligence... — Dans deux heures nous reviendrons...

L'agent s'inclina.

Madame Rosier s'éloigna avec le chef de la sûreté, et se rendit rue Meslay où elle prit le costume d'une porteuse de pain.

Une heure après elle revint et fit un signe à Jodelet qui la suivit dans un petit restaurant où ils déjeunèrent succinctement en attendant l'arrivée des magistrats.

— Avez-vous vu Martel? — demanda la policière.

— Non.

— Il sera sans doute retourné directement à la préfecture... — Nous aurons bientôt de ses nouvelles.

A sept heures du matin deux voitures s'arrêtèrent sur le boulevard, tout près de la rue Caumartin.

— Ce sont eux... — dit Jodelet qui de minute en minute jetait un coup d'œil au dehors.

— Bien... — allez les rejoindre... — Si on a besoin de moi, je suis là...

Jodelet s'approcha des voitures.

— Quoi de nouveau? — fit le chef de la sûreté.

— Absolument rien, monsieur...

— Martel est-il revenu?...

— Non... — Je le croyais à la préfecture...

— Nous ne l'avons pas vu... — C'est singulier !...

— Très singulier... à moins pourtant que l'homme filé par lui ne soit monté en chemin de fer et qu'il ne l'ait suivi...

— Entrons-nous, messieurs?... — dit le commissaire aux délégations, muni d'un mandat signé par le juge d'instruction Paul de Gibray.

— A vos ordres !

Les magistrats et les agents franchirent le seuil de la maison dont la porte venait de s'ouvrir.

— Que demandez-vous, messieurs ? — s'écria la concierge, surprise et effrayée par cette invasion matinale.

— Fermez d'abord votre porte, madame, et jusqu'à nouvel ordre laissez entrer, mais ne laissez sortir personne... — commanda le chef de la sûreté. — Nous venons au nom de la loi agir en vertu d'un mandat régulier...

La concierge obéit en tremblant.

— Vous avez une locataire du nom d'Octavie ? — reprit le commissaire.

— Oui, monsieur.

— Quelle est sa profession ?

— Sa profession ?... Mon Dieu, monsieur, c'est difficile à expliquer... — Sa profession est de n'en pas avoir et d'être jolie... car pour jolie, elle l'est, même qu'on l'a surnommée la *Belle Octavie*...

— Quel étage habite cette demoiselle ?

— Le premier...

— Est-elle chez elle ?...

— Oh! oui, monsieur... — Elle est même rentrée de très bonne heure hier soir.

— Personne n'est venu la demander dans la soirée ou cette nuit?...

— Personne.

— Vous en êtes sûre?...

— Absolument sûre, et mon mari pourra vous l'affirmer comme moi...

— Veuillez nous conduire, madame...

La concierge fit une révérence, passa la première et, arrivée sur le palier du premier étage, sonna.

Une femme de chambre qui vint ouvrir, voyant tout ce monde, recula de deux ou trois pas.

— Qui demandez-vous, messieurs? — balbutia-t-elle avec une terreur manifeste.

— N'ayez aucune crainte, mon enfant, — répondit le chef de la sûreté, — c'est une simple formalité qui nous amène... — Nous venons au nom de la loi... — Monsieur est commissaire de police... — Allez prévenir votre maîtresse que nous désirons lui parler...

— Monsieur, ça ne se peut pas...

— Pourquoi donc? — demanda le commissaire.

— A peine s'il est huit heures... — Madame ne

se lève jamais qu'à dix, et il est absolument défendu d'entrer dans sa chambre avant qu'elle ait
sonné...

— Eh! bien faites comme si elle avait sonné...

— Mais, monsieur...

— Allez, et éveillez-la... — Je vous l'ordonne au
nom de la loi...

La femme de chambre baissa la tête et gagna
l'intérieur de l'appartement, laissant les portes ou-
vertes derrière elle.

Tout à coup on entendit retentir un cri d'épouvante et la jeune fille reparut, chancelant, se soutenant à peine, livide et les yeux hagards.

Elle se laissa tomber sur une des banquettes du
vestibule, en donnant les signes de la plus violente
terreur et en bégayant d'une voix entrecoupée, à
peine distincte :

— Ma maîtresse!... Ma pauvre maîtresse!

— Eh bien! qu'y a-t-il! que lui est-il arrivé?...
— demandèrent à la fois le commissaire et le chef
de la sûreté.

La femme de chambre agita ses mains tremblantes
et répondit d'une voix si faible qu'il fallut deviner
plutôt qu'entendre ces mots :

— Elle est morte...

2.

IV

— Morte !! — répétèrent les magistrats stupéfaits.

— Oui... morte... — bégaya la camériste... —
Elle a la figure bleue... elle est froide... elle est
raide... elle a les yeux ouverts...

Le commissaire et le chef de la sûreté, oubliant
pour un instant la gravité professionnelle, se pré-
cipitèrent du côté de la chambre à coucher.

Les agents, aiguillonnés par la curiosité, les suivirent.

Le chef de la sûreté s'approcha du lit où nous
savons déjà que rien n'était en désordre.

Il regarda le visage qui n'était pas bleu mais violet.

Il toucha les mains glacées et raidies.

— En effet, — dit-il, — cette femme est morte, et la mort, si je ne me trompe, doit remonter au commencement de la nuit...

En ce moment un nouveau personnage parut sur le seuil de la chambre.

C'était le comte Yvan.

— Morte ! Octavie ! ! — s'écria-t-il. — C'est étrange ! bien étrange !...

Et lentement il marcha jusqu'au cadavre.

— Hier, — poursuivit-il, — elle était pleine de vie, de force, de santé ! — De quoi donc est-elle morte ?

A cette question personne ne pouvait répondre.

— Il faut aller immédiatement chercher un médecin... — commanda le chef de la sûreté.

— J'y vais, monsieur... — répondit Jodelet.

Et il sortit.

Le commissaire aux délégations avait soulevé la couverture de soie piquée et les draps de fine toile.

Il examinait minutieusement le haut du corps.

— Vous ne voyez aucune blessure ? — fit le chef de la sûreté.

— Aucune...

La caMériste, un peu remise de son émotion foudroyante, venait de rentrer dans la chambre.

— A quelle heure votre maîtresse s'est-elle couchée ? — lui demanda l'un des magistrats.

— Je ne sais pas au juste, monsieur...

— Comment cela ?

— Madame m'a dit, à onze heures, qu'elle n'avait plus besoin de moi et que les autres domestiques pouvaient se retirer aussi... — Je suis montée tout de suite...

— Personne ne couchait donc dans l'appartement ?

— Personne... — Nous avons nos chambres au cinquième étage...

— Madame a-t-elle reçu quelque visite avant votre départ ?

— Aucune.

— Est-elle sortie ?

— Oui, monsieur, pendant à peu près une heure, presque tout de suite après le départ de monsieur le comte.

Le comte Yvan prit la parole.

— Je crois, — dit-il, — que la pauvre Octavie allait chez son notaire déposer une somme de quarante-cinq ou quarante-six mille francs, provenant d'une vente de bijoux faite par elle dans la journée...

— A quelle heure cette jeune femme est-elle rentrée ? — fit le commissaire.

— Vers sept heures... — répliqua la camériste. Elle s'est mise à table aussitôt.

— A-t-elle dîné seule ?

— Oui, monsieur...

— Assistiez-vous à son repas ?

— C'est le valet de chambre qui servait, mais je suis entrée deux fois dans la salle à manger.

— Avez-vous remarqué si votre maîtresse avait son apparence habituelle ? si elle faisait preuve d'appétit?

— J'ai remarqué que madame mangeait peu... — Elle m'a paru souffrante...

— Comment était-elle lorsque vous l'avez vue pour la dernière fois au moment de monter dans votre chambre ?

— Il m'a semblé qu'elle devait avoir quelque sujet de préoccupation ou de tristesse.

— En sortant vous avez fermé les portes derrière vous?

— Comme toujours, oui monsieur, à clef et à double tour...

— Ce matin, êtes-vous descendue la première ?

— Oui, monsieur... — J'ai précédé le valet de chambre et la cuisinière...

— Les portes étaient-elles comme vous les aviez laissées ?

— Parfaitement, oui, monsieur...

— Vous n'avez rien aperçu de dérangé dans l'intérieur ?

— Rien... — Tout était en ordre.

— Combien y avait-il de clefs de l'appartement ?...

— Trois, à ma connaissance.

— Qui les possédait ?

— Monsieur le comte en avait une, madame une autre, moi la troisième... — La voici...

— Voici la mienne, — dit le comte Yvan, — et voici celle de la rue...

La femme de chambre ajouta en désignant une clef placée sur la table de nuit :

— Voilà celle de madame...

Le chef de la sûreté donna l'ordre d'appeler la concierge et lui demanda :

— Chaque locataire de la maison possède-t-il une clef de la porte d'entrée ?

— Chaque locataire en possède même trois... — Mais en ce moment nous n'avons que deux appartements occupés...

— Nous savons que monsieur le comte Yvan était muni d'une de ces clefs... — Il faut trouver les deux autres.

— En voici une... — fit la camériste en la tirant de sa poche. — La troisième doit être accrochée dans le vestibule. — C'est de celle-là que madame sé servait.

— Voyez si elle s'y trouve encore.

On vérifia aussitôt. — On trouva la clef pendue à son clou, et on l'apporta.

L'interrogatoire auquel la concierge était soumise recommença.

— Votre second locataire est-il sorti cette nuit ?...

— Oh ! non, monsieur... — Depuis six semaines il est cloué dans son lit par des rhumatismes...

— Il demeure seul ?

— Avec sa femme et sa fille, monsieur...

— C'est bien...

Le commissaire, s'adressant de nouveau à la femme de chambre, reprit :

— Madame Octavie recevait-elle beaucoup de monde ?

— Autrefois, oui, monsieur...

— Et, maintenant ?

— Rien que monsieur le comte, depuis plus d'un mois, et de temps à autre, mais rarement, un ami de monsieur le comte... monsieur le vicomte Guy d'Arfeuilles...

— Il est indéniable qu'à deux heures et demie du matin un homme est sorti de cette maison... — De chez qui venait cet homme ?

Personne ne pouvait répondre et ne répondit.

— Mon mari et moi nous n'avons rien entendu... — murmura la concierge ; — nous ne tirons le cordon que lorsqu'on nous le demande et on ne nous l'a pas demandé...

— Il suffit... — L'enquête éclaircira tout cela...

En ce moment revint Jodelet, accompagné d'un médecin et de madame Rosier.

Sur l'invitation du commissaire, le médecin s'approcha du lit et examina le cadavre.

— Pouvez-vous nous dire, monsieur, de quoi cette femme est morte ? — demanda le magistrat.

— D'une congestion cérébrale foudroyante, monsieur.

— Est-ce une supposition ou une certitude ?

— C'est une certitude, et elle résulte pour moi de la couleur violacée de la face...

— Vous ne croyez pas qu'un crime ait été commis ?

— Non, monsieur...

— Nous n'avons donc qu'à dresser un procès-verbal de mort naturelle... La fatalité rend muette à jamais cette bouche d'où la vérité devait sortir !...

— Je ne crois point à la fatalité, moi ! — dit madame Rosier. — Il faut à tout prix savoir quel est l'homme qui sortait d'ici cette nuit ?...

— Et malheureusement ce n'est pas moi qui pourrai vous l'apprendre !... — fit une voix étranglée.

Tous les personnages réunis dans la chambre d'Octavie se retournèrent du côté du nouveau venu qui venait de parler.

C'était Martel.

Martel, les traits tirés, les vêtements en désordre et souillés de boue, les yeux injectés de sang.

— Vous avez perdu sa trace ? — s'écria le chef de la sûreté...

— Oui.

v.   3

— Vous, si habile d'ordinaire!! — Comment cela s'est-il donc passé ?

— Ah ! ce n'est pas ma faute, je vous le jure!! — Pendant quatre heures je l'ai suivi, passant où il passait, me faisant l'ombre de son ombre!! — Il a marché pendant quatre heures, me sentant sur sa piste, prenant des chemins impossibles !! — D'abord il a longé les boulevards extérieurs, me conduisant jusqu'à Belleville... — De Belleville, il a pris le boulevard de Puebla, traversé des ruelles, des sentiers perdus, piétinant dans la boue que le brouillard détrempait sous nos pieds... — Plus il fuyait, plus je me disais : — *Le gredin veut me fatiguer!! — Courage! — Je ne lâcherai point sa piste !!* — Nous arrivâmes près des fortifications... — Il prit sur sa droite, du côté de Vincennes... — Je pensai qu'il voulait gagner le bois et je me frottai les mains, comptant le faire empoigner à la barrière. — Mais brusquement il obliqua par des sentiers enchevêtrés conduisant derrière le Père-Lachaise... — Mes espadrilles ne pouvaient mordre sur la terre glaise humide et je me sentais distancé... — Tout à coup je perdis pied et je roulai au fond d'une sorte de fondrière... — Quand je parvins à me mettre debout, l'homme avait disparu !

— Il nous échappe! — murmura d'une voix sourde Aimée Joubert. — Mon instinct m'avertit cependant qu'il est entré ici et qu'il a tué cette malheureuse!!

— Vous vous trompez absolument, ma bonne femme! — répliqua le docteur à qui *la porteuse de pain* n'inspirait aucune considération. — Il n'y a pas eu d'assassinat, je le répète... — Une congestion cérébrale a causé la mort...

— Nous le saurons, monsieur, car je vais demander l'autopsie... — fit le chef de la sûreté.

— Elle ne vous apprendra rien...

— Peut-être...

V

Un mois s'était écoulé depuis la scène que nous venons de mettre sous les yeux de nos lecteurs.

Sur les réquisitions du juge d'instruction Paul de Gibray on avait procédé à l'autopsie du corps de la belle Octavie.

La découverte de l'aiguille d'or dont la pointe atteignait le cerveau avait permis de constater un crime.

Ce crime s'enchaînait d'une manière indiscutable aux premiers crimes commis, il en était en quelque sorte la résultante, mais il n'apportait aucune lumière dans les recherches de la police.

Le valet de chambre, un instant arrêté, avait été

remis en liberté à la suite d'une ordonnance de non-
lieu.

Un grand émoi régnait à la préfecture.

En voyant cette jeune femme assassinée quelques heures avant son arrestation, — arrestation
prévue dont le meurtrier voulait éviter les consé-
quences, les agents se demandaient si dans leurs
rangs il y avait des traîtres, ou s'ils étaient sou-
mis eux-mêmes à la contre-police des bandits
qu'ils cherchaient en vain.

La perquisition opérée chez Octavie était de-
meurée sans résultat.

On n'avait trouvé ni lettres intéressantes, ni papiers, ni même un acte de naissance permettant
d'établir l'identité de la victime, et l'on s'était
borné à faire photographier le cadavre.

Malgré tant d'échecs successifs, Aimée Joubert
ne se décourageait pas.

Maintenant que Maurice savait tout, elle n'avait
plus de précautions à prendre pour lui déguiser la
vérité.

En conséquence elle restait souvent vingt-
quatre heures absente de son logis, au grand désespoir de sa fidèle servante Madeleine qui se mourait d'inquiétude.

Maurice jouait avec sa mère la comédie de la tendresse filiale, et la jouait avec un talent de premier ordre.

La pauvre femme, dupe de cette comédie, se serait trouvée absolument heureuse sans le noir souci résultant pour elle de ses recherches infructueuses.

A maintes reprises Maurice avait essayé de la questionner et de lui faire raconter ses démarches, ses projets, ses espérances.

Il s'était heurté chaque fois contre cette réponse :

— Souviens-toi de ce que tu m'as promis, cher enfant... — Ne me parle jamais de ces choses... — J'aurai hâte de les oublier moi-même après le succès...

— Ce succès, du moins, est-il prochain ? — demandait le jeune homme.

— Hélas ! à mesure que je marche le but semble reculer devant moi...

Ces paroles suffisaient pour rassurer Maurice.

La policière n'entrevoyait point la victoire à courte échéance, donc il n'avait, pour le moment, rien à craindre.

A l'hôtel Bressolles les choses n'étaient point satisfaisantes ; — il s'en fallait même beaucoup.

Marie, quoique le péril causé par la morsure venimeuse n'existât plus, se trouvait dans un état
d'atonie générale, d'affaiblissement physique et
moral qui ne laissait pas d'étonner et même
d'inquiéter le médecin Dufresne, ami de la maison.

Valentine, — avons-nous besoin de l'affirmer,
— voyait avec indifférence, sinon même avec une
joie de marâtre, cet état de dépérissement.

Maurice se montrait plus que jamais assidu près
d'elle et très épris. — Elle n'en demandait pas da-
vantage.

Quant à l'ex-architecte, aimant sa fille plus que
tout au monde, il passait ses jours et ses nuits
dans une tristesse profonde.

Rue de Rennes tout allait plus mal encore qu'à
l'hôtel Bressolles.

Une fluxion de poitrine avait suivi l'apparition
d'Albert au bal de la rue de Verneuil.

Cette fluxion de poitrine était guérie, mais la maladie de cœur dont nous avons constaté les débuts
grandissait.

Serait-il possible de l'enrayer?

Les médecins réunis en consultation s'étaient
prononcée pour l'affirmative; mais, tout en formu-

lant une opinion rassurante, ils semblaient médiocrement convaincus.

Paul de Gibray, singulièrement vieilli depuis un mois, se forçait à sourire auprès de la couche de son fils, mais aussitôt dans son cabinet il cachait son visage entre ses mains et pleurait...

Mieux que les médecins nous connaissons la cause du mal mystérieux qui brisait les deux jeunes gens et qui pouvait les tuer.

Ce mal, c'était le désespoir d'amour.

Valentine avait eu la cruauté de dire à sa fille qu'Albert, condamné par la science, allait s'éteindre d'un jour à l'autre...

Les lèvres de Marie étaient restées muettes, mais sa pensée avait répondu :

— Eh bien! s'il meurt, je le suivrai... — Séparés sur la terre, nous serons réunis là-haut...

Albert, lui, se croyait certain que son père ne consentirait jamais à lui donner pour femme la fille de Valentine Dharville, et cette certitude agissait sur lui comme le plus dissolvant des poisons.

Le directeur général des postes, à la demande du préfet de police, du chef de la sûreté, du juge d'instruction et du procureur de la République, avait accordé l'autorisation de former un bureau

d'examen des enveloppes de lettres partant pour
l'étranger. — Ce bureau fonctionnait, et madame
Rosier y passait trois heures chaque jour.

Mais là encore elle ne rencontrait que déception,
et les ténèbres demeuraient insondables.

* * *

Par un de ces derniers jours d'hiver qui sont
parfois d'une douceur exceptionnelle et qui res-
semblent aux premiers jours du printemps, trois
hommes causaient en se promenant au soleil dans
le jardin minuscule situé derrière le petit hôtel de
la rue de Suresnes, et touchant au grand jardin du
pensionnat de madame Dubief.

Ces trois hommes étaient Pierre Lartigues, Verdier et Maurice.

— Depuis un mois, — disait Verdier, — la police
se remue beaucoup, mais elle s'agite dans le vide...
— Elle a bien rattaché le meurtre d'Octavie à l'aven-
ture du Père-Lachaise et de la rue Montorgueil,
mais elle n'en a pas trouvé l'auteur et elle ne le
trouvera pas... — Cependant il ne faut point jouer
avec le feu... — Hâtons-nous d'arriver à nos fins et
de disparaître...

3.

— Hâtons-nous, c'est bientôt dit ! — répliqua Lartigues. — Avons-nous trouvé Simone ?...

— Non.

— Elle est à Paris cependant, puisque sa sœur de lait, la belle Octavie, l'a rencontrée il y a cinq semaines environ...

— Depuis ce moment, — fit Verdier, — j'ai visité de nombreux ateliers de peinture, espérant découvrir celui dans lequel elle avait posé... — Je n'ai obtenu aucun renseignement...

— J'en ai fait autant, sans plus de succès, — ajouta Lartigues.

— Je vais me mettre en quête à mon tour, — dit Maurice, — et ce sera bien le diable si je reviens bredouille... — Simone a posé pour un tableau. Eh bien ! je verrai les marchands de tableaux... — Si le peintre est habile, il a dû reproduire exactement les traits de son modèle, traits qui me sont connus par la photographie... — Une fois le tableau trouvé, je prendrai l'adresse du peintre et par lui j'aurai l'adresse du modèle... — Faites-en autant de votre côté...

Les deux hommes approuvèrent ce projet.

Maurice reprit :

— Surtout soyez prudents... — Ne vous montrez

en plein jour dans Paris que bien déguisés et surtout bien grimés... — Vous savez que la meute policière est plus que jamais en chasse, et qu'elle
soupçonne l'existence d'une association.

— Aimée Joubert vous a-t-elle fait des confidences à ce sujet?... — demanda Lartigues.

— Non, car elle évite avec soin toute causerie
relative à ses fonctions à la préfecture, mais il a
suffi de quelques mots pour me faire comprendre
ou plutôt deviner bien des choses...

— C'est Lartigues qu'elle cherche, — dit Verdier,
— et Lartigues est mort...

— Elle affirme le contraire... — répliqua Maurice en regardant attentivement les deux hommes.

Tous deux restèrent impassibles.

Verdier reprit :

— Son corps a été exposé à la Morgue... vous le
savez bien...

— Elle ne l'a point reconnu pour Lartigues.

— Rien de plus naturel... — Vingt-trois ans
changent un visage... — Aimée Joubert ayant
quitté un jeune homme retrouvait un vieillard...—
D'ailleurs la décomposition cadavérique rendait
les traits méconnaissables...

Maurice demeura silencieux.

— Ne pourrions-nous surveiller les agissements de cette femme?... — demanda Lartigues.

— Gardons-nous-en bien ! — répondit le jeune homme.

— Pourquoi?

— Parce que ce serait un moyen infaillible d'attirer sur nous le danger qui ne nous menace pas, en ce moment du moins... — Si le hasard mettait madame Rosier sur la piste de l'un de nous, elle aurait beau vouloir me le cacher, l'espoir de la vengeance prochaine rayonnerait sur son visage !... — Soyez sans crainte... — Nous n'avons à craindre aucune surprise... — Rapportez-vous-en à moi pour cela.

— Soit... — Agissez seul de ce côté... — Nous comptons sur vous... — Autre chose : — Vous aviez pris l'engagement de nous défaire de Marie Bressolles, et cette héritière d'Armand d'Harville vit toujours.

— Elle est mourante...

— Oui, mais d'une maladie de langueur qui peut traîner des semaines, des mois, une année peut-être ; — c'est inadmissible, vous le savez aussi bien que nous... — Tout est compromis par de tels retards !...

— Que faire ?

— En finir...

— Par quels moyens ?

— C'est ce que nous allons examiner ensemble...

VI

Lartigues reprit :

— Je me suis occupé quelque peu de médecine à mes moments perdus, surtout au point de vue toxicologique.

— Oh ! ne me parlez pas de poisons... — interrompit Maurice. — Le poison, quel qu'il soit, laisse des traces...

— J'en connais un qui n'en laisse aucune.

— Lequel ?

— Je vous le dirai tout à l'heure...

— A quoi bon ? — Il me serait impossible de l'administrer sans me compromettre, et j'aime infiniment mieux renoncer à ma part de l'héritage

d'Armand Dharville, que de risquer une partie
dont l'échafaud est l'enjeu probable... J'ai eu trop
peur, je l'avoue sans rougir, certaine nuit du mois
dernier, lorsqu'en sortant de la maison de la rue
Caumartin j'ai senti sur mes talons un agent de la
sûreté... Ce n'est pas le sang-froid qui me manque,
vous le savez bien, mais de telles émotions font
blanchir les cheveux.

— Vous n'avez aucune émotion de ce genre à
craindre... — Que dit le médecin à propos de la
maladie de Marie Bressolles ?

— Il affirme qu'une partie du venin de la vipère
a passé dans le sang de la jeune fille malgré la
succion opérée, et telle est, selon lui, la cause de
la maladie de langueur qu'il combat vainement...
— Je crois qu'il se trompe... — La véritable
cause n'est point là...

— Où donc est-elle?

— Dans l'amour de Marie Bressolles pour Albert
de Gibray.

— C'est bien romanesque...

— Romanesque, soit, mais absolument vrai...

— Albert de Gibray est plus malade que la jeune
fille... — Donc elle ne l'épousera pas... — Le médecin d'ailleurs m'a fait l'effet d'un sot en trois

lettres, mais nous nous servirons de sa sottise...

— Et comment?...

— Il est une chose généralement admise, même par des médecins sérieux et expérimentés... Je ne l'affirme ni ne la nie, il me suffit de la constater. — Ces hommes de science donnent pour certain que si une jeune fille mordue par un reptile, et guérie d'une manière insuffisante, se marie et devient mère, l'enfant absorbe le virus et la mère est sauvée... — Ou je me trompe fort, ou si vous suggérez au docteur cette idée si simple et si pratique il s'empressera de conseiller un mariage immédiat... — Le père, qui ne vit que pour sa fille, saisira la balle au bond et, n'ayant aucun autre mari sous la main, puisqu'Albert de Gibray se meurt et qu'en outre le juge d'instruction s'opposerait au mariage, vous suppliera d'épouser au plus vite... rien ne vous empêchera plus alors d'exécuter ce que nous avons résolu.

— Par quel moyen?... — Expliquez-vous enfin...

— Tout bonnement, mon cher, par l'acide prussique...

— Tout bonnement!! — répéta Maurice avec un éclat de rire. — Il faut en trouver, de l'acide prussique... et ce n'est pas commode...

— Tropmann en a bien fait, et Tropmann n'était qu'un rustre... — Je vous croyais un peu chimiste...

— Pas autant que Tropmann, car je suis incapable de faire ce qu'il a fait.

— Eh bien ! moi, je me suis occupé de chimie comme de médecine, et je vous fournirai de l'acide prussique quand il vous en faudra... — Donc, une fois marié, il vous suffira de faire respirer à votre femme endormie le flacon d'une forme spéciale que je vous aurai remis... Vous agirez ainsi sans péril, à coup sûr, et vous prendrez votre revanche des deux insuccès du patinage, au bois de Vincennes, et de la vipère, rue de Verneuil...

Après un instant de réflexion Maurice répondit :

— Oui, — je m'occuperai de cela.

— Le plus tôt possible, je vous en prie... — J'ai reçu d'Angleterre une nouvelle lettre plus pressante que toutes les autres... — Michel Brémont ne comprend rien à tant de lenteur, et voit la partie compromise, peut-être perdue, si nous ne nous hâtons...

— Michel Brémont en parle trop à son aise ! — répliqua Maurice. — Conseillez-lui de modérer son impatience... — Et, à propos de correspondance,

j'ai pensé à une chose... une inquiétude m'est
venue... — Prenez garde à vos lettres...

— Que voulez-vous dire ?...

— On pourrait établir à la poste, à votre intention, l'équivalent du fameux *cabinet noir* dont on a
tant parlé jadis.

— Bah ! les correspondances sont inviolables...

— Quand il s'agit de la découverte d'un secret
comme le nôtre elles cesseraient bien vite de l'être,
si le procureur de la République et le juge d'instruction le demandaient...

Lartigues fronça le sourcil.

— Vous pourriez avoir raison... — murmura-t-il.

— J'ai raison, n'en doutez pas...

— J'aviserai...

— Vous êtes prévenu... — Maintenant je vous
quitte...

— Ah ! encore un mot...

— J'écoute... — fit Maurice.

— Savez-vous ce que devient le comte Yvan ?...
L'avez-vous vu ?

— Je l'ai vu deux fois, à des dîners d'amis, depuis la mort d'Octavie...

— Parle-t-il de ses projets ?

— Jamais... — Sans l'incident du bouton de

manchette et la conversation entendue, ou plutôt surprise chez ma mère, j'ignorerais encore son véritable nom et le but de son voyage à Paris....

— Un point important à éclaircir : — En venant apporter le bouton à madame Rosier, lui a-t-il parlé de Lartigues ?

— Non, mais je sais qu'il lui en avait parlé précédemment et que, dans l'homme frappé par moi et couché sur les dalles de la Morgue, il n'a pas reconnu Lartigues...

— Il ne l'a pas reconnu ! — s'écria le pseudo-Van Broecke. — Il le connaissait donc ?

— C'est probable... c'est même certain...

— De qui tenez-vous ces détails ?

— De ma mère elle-même lorsque je l'ai questionnée quelques jours après la grande scène de la reconnaissance... — Aussi je ne puis me persuader que l'homme auquel vous donnez le nom de Lartigues soit en réalité le Gustave Perrier frappé par moi rue Montorgueil...

— Vous ne pouvez vous persuader cela ?...

— Non...

Lartigues haussa les épaules.

— C'est absurde ! — répliqua-t-il.

— En quoi donc ?

— Quel intérêt aurions-nous à vous tromper?

Maurice ne répondit pas tout de suite.

Il regarda fixement son interlocuteur puis, après un instant de silence, il dit d'une voix basse et sèche :

— Écoutez-moi... écoutez-moi tous deux... et si vous m'avez menti, si l'homme que j'ai frappé n'était point Lartigues, si Lartigues est vivant et si vous le rencontrez un jour, dites-lui ceci de la part de son fils : — Je n'ai pas demandé à naître! — Ma mère, croyant aux mensonges du misérable qui la trompait, m'a conçu dans la honte... — Je suis venu au monde avec le sang de mon père dans les veines et tous ses mauvais instincts dans l'âme... — Je suis né assassin comme lui!... — Je porte sur mon front et au fond de mon cœur la tache originelle qui me vient de lui, et pourtant je vaux mieux qu'il ne valait! — Les criminels les plus endurcis gardent une sorte d'honneur dans le crime... — Il ne l'a pas gardé! — Quand vous m'avez dit que j'avais frappé mon père, vous m'avez vu pâlir et chanceler... — Vous avez supposé que l'horreur, l'épouvante et le remords m'affolaient... — C'était vrai dans le premier moment, mais depuis j'ai réfléchi, je me suis souvenu, et aujourd'hui je n'ai qu'un regret, c'est que Pierre Lartigues expirant n'ait pas su que je suis son fils, à lui, le lâche, le scélérat, l'infâme, qui me faisait naître dans une prison, après avoir voulu jeter ma mère innocente à la guillotine qui me réclamera tôt ou tard ! — Vivant ou mort, qu'il soit maudit !...

Maurice se tut.

Les deux complices étaient épouvantés de la voix du jeune homme, de son attitude menaçante, de l'espèce de sombre délire qui dictait ses paroles.

Lartigues sentait le frisson courir sur sa chair ; — une sueur glacée mouillait ses tempes.

— Souvenez-vous ! — reprit le fils d'Aimée Joubert d'un ton plus calme — et, si mon père existe, répétez-lui ce que vous venez d'entendre !

— Parbleu ! — répondit Verdier avec un rire contraint. — Nous n'aurons garde d'oublier votre tirade, qui ferait grand effet dans un drame mais je vous répète que votre père est mort...

— Hélas ! oui ! — Il n'est que trop mort ! — crut devoir ajouter Lartigues lui-même, — et c'est fâcheux, car il ne manquerait point de vous admirer ! — Il se reconnaîtrait en vous et vous trouverait absolument digne de lui !... — Maintenant, parlons d'autre chose...

— De quoi ? — demanda Maurice.

— Dois-je m'occuper de chimie ?...

— Oui. — Je vais faire en sorte que nous ayons, à bref délai, besoin d'acide prussique.

— Bravo !...

En ce moment Dominique parut sur le seuil du petit hôtel, et, une serviette à la main, s'avança vers nos personnages.

Le muet venait les avertir que le déjeuner était servi.

Sa pantomime expressive suppléait admirablement à la parole absente.

Elle fut comprise et les misérables, qui venaient de traiter des projets de nouveaux crimes aussi froidement que des négociants honorables traitent des projets d'affaires, allèrent se mettre à table où les attendait un repas d'une finesse exquise, car ils étaient gourmands tous trois, et Dominique, à ses qualités de mutisme et de discrétion unissait les talents hors ligne d'un cuisinier de premier ordre.

VII

Laissons s'attabler les trois membres de la
ciété des *Cinq* et prions nos lecteurs de franchir
vec nous la muraille qui séparait le petit jardin
la rue de Suresnes, du grand jardin de la rue
la Ville-l'Évêque, hôtel transformé en pension-
at par madame Dubief.

On n'a pas oublié, — du moins nous l'espérons,
- que deux mois auparavant Simone était entrée
ans ce pensionnat comme surveillante de la lin-
rie.

Madame Dubief avait bien jugé la protégée de Ma-
e Bressolles et de Gabriel Servet, et lui accordait

sans restriction une confiance dont elle la senta
digne.

La jeune fille faisait d'ailleurs tout ce qui déper
dait d'elle pour ne point démériter de cette confiance

Jamais la lingerie n'avait été si bien tenue et
linge des pensionnaires en si bon état.

Grâce à l'activité de Simone il était deven
possible de supprimer deux ouvrières, ce qui cons
tituait pour la maîtresse du pensionnat un
notable économie.

Simone avait quitté son humble logement de l
rue Gît-le-Cœur.

Son pauvre petit mobilier, qu'elle tenait à con
server quoiqu'il fût absolument sans valeur, gar
nissait maintenant une chambre au troisièm
étage du vieil hôtel, chambre située près de la lin
gerie, indépendante des dortoirs, et prenant jou
sur les jardins.

C'est dans cette chambre que Simone passait se
dimanches, quand elle n'allait pas rendre visite
ses protecteurs.

Le jour où nous retrouvons la jeune fille étai
un samedi.

L'enfant abandonnée de Valentine Dharville avai
retrouvé sa santé et sa vigueur juvéniles.

Les fraîches couleurs reparaissaient sur ses joues si longtemps pâlies par la souffrance.

Alerte, joyeuse, infatigable, elle allait et venait de la lingerie aux dortoirs, plaçant sur chaque lit de fer le linge de chaque pensionnaire pour le dimanche matin.

Deux ouvrières de l'atelier dont elle avait la direction l'aidaient dans cette tâche.

Elle se faisait obéir en parlant poliment et d'une voix très douce.

Chacun de ses ordres était accompagné d'un sourire, aussi les ouvrières l'adoraient.

L'une d'elles, que l'on nommait Justine, seule en ce moment dans un dortoir avec sa compagne, dit tout à coup, en posant un petit paquet soigneusement plié sur le pied d'un lit bien blanc :

— C'est drôle ! — Les trois quarts des pensionnaires de madame, quand elles ont filé et que par conséquent je ne les vois plus, je les oublie tout de suite... Quinze jours après je ne me rappelle seulement pas leurs noms ; — eh bien ! chaque fois que je m'approche du lit que voilà, je pense tout de suite à celle qui l'occupait il y a six mois... à mamselle Marie Bressolles.

— Pardine, moi aussi j'y pense !... — répondit

v.   4

la seconde ouvrière, occupée de la même besogne un peu plus loin. — Comment pourrait-on l'oublier, la chère mignonne, après les souvenirs qu'elle a laissés ici?... — Elle était si gentille, si bonne, si généreuse !... Combien de fois nous a-t-elle glissé une pièce blanche dans la main pour nous remercier de lui bien arranger son linge !... — Elle ne nous devait rien cependant... — Nous étions payées pour ça...

— Oui... oui... — reprit la première, — c'était une pensionnaire comme on n'en voit pas souvent.

— Elle est bien malade, à ce qu'il paraît ?

— Oui, j'ai entendu madame qui en parlait à mamselle Simone...

— Même que mamselle Simone pleurait comme une fontaine...

— Ça se comprend, ma chère... — Mamselle Simone est entrée chez madame Dubief sur la recommandation de mademoiselle Marie et de son père... Elle a bon cœur, elle est reconnaissante, et naturellement ça lui faisait du chagrin de savoir que la pauvre jeune fille était en danger...

— Pauvre petite, si elle venait à mourir, quel malheur !

— Oh! oui, quel malheur! — Impossible de ne pas l'aimer!! C'est comme mamselle Simone... — elle est arrivée ici après nous, et on lui a donné tout de suite autorité sur nous... Eh! bien on ne peut s'empêcher de lui porter amitié... — elle est aussi bonne que l'était mademoiselle Marie...

En ce moment, Simone entra.

— Justine, ma fille, — dit-elle, — vous causerez à l'atelier tant que vous voudrez... Pour le moment achevons vite notre besogne... Madame peut venir faire sa visite...

— Nous parlons de mademoiselle Marie Bressolles, de sa maladie... — répliqua Justine. — En avez-vous des nouvelles, mamselle Simone, depuis ces derniers jours?

— Hélas, non! — Je voulais aller à l'hôtel de la rue de Verneuil, avec la permission de madame Dubief, prendre des nouvelles...

— Et vous n'y êtes point allée?...

— Non!

— Pourquoi?

— J'avais peur qu'on me réponde encore que mademoiselle ne peut voir personne... Ce qui signifie qu'elle va plus mal... ou tout au moins qu'elle ne va pas mieux...

— Vous n'avez point demandé à parler à son papa ou à sa maman?...

— J'ai eu peur de paraître indiscrète.

Justine allait sans doute formuler quelque question nouvelle.

Elle n'en eut pas le temps.

Une voix cria du rez-de-chaussée:

— Mamselle Simone...

La jeune fille sortit du dortoir et se pencha sur la rampe de l'escalier en demandant:

— Qui m'appelle?...

— C'est moi, mamselle... — répondit le concierge.

— Que me voulez-vous?...

— Mamselle, c'est une lettre...

— Une lettre pour moi?... — fit Simone étonnée...

— Oui... — Votre nom est sur l'enveloppe... — Je vous la monterais bien, mais mes jambes sont vieilles...

— Je vais la chercher... attendez...

La jeune fille descendit prestement les trois étages et se trouva près du concierge qui tenait une lettre à la main.

— C'est bien étonnant, — murmurait Simone.

— Qui peut m'écrire ?... — C'est la première fois
que ça m'arrive. — Je connais si peu de monde..
— Est-ce positivement pour moi ?...

— Dame ! ça m'en a tout l'air... Regardez...

Simone prit l'enveloppe.

La suscription était ainsi conçue :

« MADEMOISELLE SIMONE,

» *lingère*

» *chez madame Dubief, institutrice,*

» *rue de la Ville-l'Évêque,*

» PARIS. »

— C'est bien pour moi... impossible d'en douter... — Merci...

Et Simone remonta quelques marches de l'escalier, très intriguée de savoir de qui lui venait cette
lettre.

A mi-chemin entre le rez-de-chaussée et le premier étage elle s'arrêta, décacheta l'enveloppe, et
d'un regard en parcourut rapidement le contenu.

Ses yeux se remplirent aussitôt de larmes, tandis
que ses lèvres bégayaient :

— Ah ! pauvre enfant ! pauvre chère enfant !...

4.

La lettre, d'une écriture tremblée, était de Marie Bressolles.

Voici ce qu'elle contenait :

« J'ai su, ma chère Simone, que vous étiez venue » plusieurs fois prendre de mes nouvelles, mais » que vous n'aviez pas pu me voir, ni voir mon » père... — J'étais malade... bien malade. — Au- » jourd'hui, quoique je sois loin d'être en conva- » lescence, je vais un peu mieux.

» Je serais heureuse de vous embrasser, ma » chère Simone...

» C'est demain dimanche, votre jour de sortie.

» Si vous pouvez venir rue de Verneuil vous me » ferez grand plaisir, car vous savez que je vous » aime...

» Vous êtes heureuse, vous !... — Vous êtes » guérie... — C'est à mon tour d'être malade... — » Vous êtes guérie... et je vais peut-être mourir...

» A demain, n'est-ce pas ?

» Votre amie.

» MARIE BRESSOLLES. »

Simone relut deux fois cette lettre en pleurant à chaudes larmes.

— Mourir !... — balbutiait-elle en s'efforçant

d'étouffer ses sanglots. — Elle parle de mourir !...
— Oh! ce n'est pas possible !... Dieu serait trop
cruel s'il appelait à lui cet ange qui traverse la vie
en répandant des bienfaits sur son passage ! !... —
Ah ! oui, certes, j'irai demain... — Et je demanderai
à madame la permission de partir de bonne heure...

A cette minute précise madame Dubief parut au
bas de l'escalier qu'elle s'apprêtait à gravir pour
aller faire aux dortoirs sa visite d'inspection de
chaque samedi.

Elle vit Simone en larmes.

— Qu'avez-vous, mon enfant ? — demanda-t-elle
d'un ton affectueux.

A cette question, les sanglots de Simone éclatèrent.

Elle ne put répondre, et tendit à madame Dubief
la lettre qu'elle venait de recevoir.

Simone, — nos lecteurs l'ont déjà compris, —
était une nature d'élite, une nature toute de tendresse, de reconnaissance, de dévouement.

Elle n'oubliait pas, elle ne pourrait oublier jamais, qu'elle devait son retour à la santé, son existence actuelle, si calme, si heureuse, et la certitude
d'un avenir tranquille, à la protection de mademoiselle Bressolles.

Sans une hésitation, sans un regret, elle aurait donné sa vie pour prolonger celle de Marie, et son sacrifice, nous l'affirmons, lui aurait paru la chose du monde la plus naturelle.

Madame Dubief lut la lettre, essuya ses yeux et dit :

— Ainsi qu'il arrive toujours la chère enfant s'attriste... Sa maladie lui fait voir les choses en noir... — Je suis certaine qu'elle s'exagère beaucoup la gravité de son état et je crois à sa guérison prochaine...

— Ah madame ! que Dieu vous entende ! — s'écria Simone dont les sanglots soulevaient la poitrine.

VIII

— Votre chagrin prouve la bonté de votre cœur...
— reprit madame Dubief. — Vous aimez beaucoup
mademoiselle Bressolles...

— Ah ! de toute mon âme ! — répondit Simone
— Je lui dois tout, puisque sa protection m'a fait
admettre ici... — Je donnerais ma vie pour elle...

— Je ne mets point en doute votre dévouement...
je sais que ce ne sont pas là de vaines paroles... —
Vous comptez sans doute aller demain rue de Verneuil ?...

— Oui, madame, et je voulais vous demander la
permission de partir de bonne heure...

— Je vous laisse absolument libre et vous prie

seulement de passer chez moi avant de quitter la maison... — Je vous remettrai un mot pour Marie Bressolles...

— Oui, madame, et je vous remercie de votre bonté...

La maîtresse de pension et la jeune lingère montèrent ensemble aux dortoirs, l'une pour reprendre son travail, l'autre pour s'assurer que tout était bien en ordre.

Simone, un peu rassurée par les paroles consolantes de madame Dubief, avait essuyé ses larmes.

La perspective de pouvoir disposer d'une journée tout entière la rendait presque gaie...

Elle se proposait, après sa visite à Marie Bressolles, d'aller à l'atelier de la rue Vavin, chez Gabriel Servet qu'elle n'avait pas vu depuis quelque temps, et d'avoir par lui des nouvelles d'Albert de Gibray qu'elle savait souffrant.

Les heures seraient bien remplies et, quoiqu'elle eût encore le cœur un peu gros, elle souriait à la pensée de revoir ses chers protecteurs.

*
* *

Depuis la mort d'Octavie le comte Yvan s'était peu montré dans le monde.

En dehors de quelques dîners d'amis auxquels il assistait par pure courtoisie il vivait retiré, ne voyant guère que le vicomte Guy d'Arfeuilles et Albert de Gibray pour lequel il s'était pris de vive sympathie à la suite d'une visite faite à son père.

Presque chaque jour il allait passer deux ou trois heures au chevet du malade.

Paul de Gibray avait vu naître cette amitié avec un vif plaisir. — Il estimait le jeune Russe dont le caractère lui semblait plein de grandeur et de noblesse ; il se sentait attiré vers lui.

En outre, obligé de passer les trois quarts de sa vie au Palais, dans son cabinet de juge d'instruction, il était heureux de savoir que le comte Yvan tenait à son fils bonne et fidèle compagnie.

Le jeune officier d'artillerie dont nous avons fait connaissance sur le lac du bois de Vincennes, et le vicomte Guy d'Arfeuilles, venaient souvent voir le malade et lui procuraient quelque distraction.

Le comte Yvan après avoir déjeuné avec Paul de Gibray, comptait passer une bonne partie de la journée près d'Albert.

Les deux hommes se trouvaient encore dans la salle à manger.

— Ainsi, — disait le Russe, — un mois s'est
écoulé depuis la constatation du crime commis sur
la pauvre Octavie, et vous n'avez pas trouvé la
trace du criminel?... — Le meurtrier de la rue
Caumartin vous échappe, comme vous a échappé
déjà le meurtrier du Père-Lachaise et de la rue
Montorgueil ?...

— Hélas ! oui, mon cher comte ! — Je suis hon-
teux et désolé d'en convenir, mais nous sommes
impuissants...

— La police française a cependant à l'étranger
la réputation d'être incomparable...

— Cette réputation, elle la mérite... — J'ai vu
nos agents accomplir de véritables tours de force
en matière d'investigations, mais en ce moment ils semblent avoir un bandeau sur les
yeux.

— Les scélérats que vous cherchez en vain sont
donc des colosses d'habileté ?...

— Peut-être, mais peut-être aussi n'ont-ils pour
eux que le hasard... — A chaque instant nous
croyons avoir découvert quelque chose, nous nous
figurons tenir une piste... — *Bâtons flottants* que
tout cela... ce *quelque chose* s'évapore, et le fil que
nous avions saisi se brise entre nos mains !... —

Ah ! je vous assure qu'il y a des heures où je me sens découragé ! !

— Vous croyez, n'est-ce pas, qu'il existe un lien entre l'assassinat d'Octavie et les deux autres crimes ? — demanda le comte Yvan.

— Cela ne me semble pas douteux...

— Avez-vous au moins découvert l'identité d'Octavie ?... son lieu de naissance ?... son nom de famille ?

— Rien n'est venu nous éclairer.

— Et Lartigues ?...

— Il reste introuvable !... — Je crois que nous allons cesser de nous occuper ostensiblement de cette mystérieuse affaire, et laisser madame Rosier continuer seule des recherches auxquelles rien au monde ne pourrait la faire renoncer...

Le comte Yvan fit un haut-le-corps.

— Cesser de vous occuper de cette affaire ! ! — s'écria-t-il. — Est-ce possible ?

— J'ai dit *ostensiblement*... — répliqua Paul de Gibray. — En ayant l'air d'abandonner l'instruction, nous donnerons aux criminels une sécurité trompeüse... — Ne se croyant plus poursuivis, ils se cacheront moins... Ils commettront quelque imprudence qui mettra madame Rosier, et les

agents qu'elle dirige, sur cette piste insaisissable
jusqu'à ce jour... — Peut-être même pousserons-
nous la ruse de guerre jusqu'à faire annoncer dans
les journaux que, dans sa lutte contre des scélérats
inconnus, la police se reconnaît honteusement
battue.

— Cela me semble ingénieux en effet...

— Ce n'est pas neuf, mais c'est presque infaillible. — Les plus habiles sont tombés dans le piège...

— Dieu veuille que cette fois il en soit de
même !...

— Amen ! — répondit le magistrat en quittant
son siège. — Je vais vous quitter... — ajouta-t-il
— mon devoir m'appelle au Palais... — Allez-vous
voir Albert ?

— Oui, et je passerai avec lui une partie de l'a-
près-midi... — Je le lui ai promis...

— Vous êtes bon et je vous remercie de toute
mon âme...

— Vous n'avez à me remercier de rien... —
J'aime votre fils comme s'il était mon frère...

— Allons auprès de lui...

Et le juge d'instruction conduisit le Russe dans
la chambre du jeune homme.

Le pauvre Albert était bien changé.

Marie Bressollés, en le voyant, n'aurait pu retenir ses larmes.

Les traits tirés, les joues creuses, le teint livide, les yeux caves, les paupières cerclées de bistre, rendaient méconnaissable son charmant visage.

Ses prunelles, autrefois si brillantes maintenant ternies, prouvaient l'intensité de ses souffrances.

— Vous partez, père ?... — demanda-t-il d'une voix faible, non moins changée que sa figure.

— Oui, cher enfant, mais je compte revenir de bonne heure... — Tu ne seras pas seul, d'ailleurs... — Je laisse auprès de toi notre ami, le comte Yvan...

— Je le sais... — Il a bien voulu me promettre de rester...

Et Albert, sortant du lit son bras amaigri, tendit une main quasi diaphane au jeune Russe qui la serra avec effusion.

Paul de Gibray embrassa son fils et sortit vivement.

Il avait hâte de se trouver hors de la chambre, afin de cacher les larmes prêtes à jaillir de ses yeux.

La vue de cet enfant bien-aimé, jadis si plein de santé, de force et de grâce, et maintenant plus semblable à un cadavre qu'à un vivant, lui brisait le cœur.

Albert, dès qu'il se trouva seul avec le dernier des Kourawieff, lui dit :

— Mon cher comte, je n'ai pas voulu prononcer devant mon père un nom qui lui est antipathique... mais avec vous je n'ai pas les mêmes raisons de garder le silence.

— Parlez, mon ami... que voulez-vous savoir ?

— Si M. Bressolles est venu prendre de mes nouvelles aujourd'hui ?

— A cette question, je ne puis répondre d'une façon positive, votre père ne m'ayant rien dit à ce sujet, mais je suis arrivé depuis longtemps déjà et je crois que, si l'on était venu de la rue de Verneuil, je l'aurais su...

Albert poussa un profond soupir.

— Personne encore aujourd'hui... — balbutia-t-il avec une expression déchirante, — et voilà huit jours que personne n'est venu... — On m'oublie... on m'oublie... Peut-être me croit-on déjà mort !...

— On ne vous oubliera pas, j'en suis sûr, répondit le Russe.

— Alors, pourquoi ne point venir ou ne point envoyer ?...

— M. Bressolles s'absorbe sans doute dans ses préoccupations personnelles. Sa fille est malade, vous le savez, ce qui le rend bien excusable d'avoir passé quelques jours sans songer à venir chercher de vos nouvelles.

— Marie, — murmura doucement Albert, — malade aussi... comme moi... — C'est d'elle que je voulais vous parler... — Savez-vous si elle va mieux ?

— On la dit hors de danger, mais elle est encore bien faible, paraît-il... — répliqua le comte Yvan.

— Elle aurait pu m'écrire quelques lignes.

— Le croyez-vous ?

— Pourquoi non ?

— Une jeune fille écrire à un jeune homme... — C'est bien incorrect...

— Cela cesse de l'être quand le jeune homme à qui l'on écrit va mourir sans doute... — Je suis plus près de la tombe que bien des octogénaires... donc je suis un vieillard et je dois avoir les privilèges de la vieillesse...

— Albert, — dit le comte Yvan d'un ton presque sévère, — ne parlez pas ainsi !... — C'est mal et ce

n'est point sincère... — Vous allez mieux... Votre état s'améliore de plus en plus et vous le savez...
— Pourquoi donc m'affligez-vous en prononçant des paroles que rien ne motive et que rien ne justifie ?...

Albert tendit la main de nouveau au jeune Russe.

— Pardonnez-moi... — dit-il. — J'aime tant Marie !... — Quand je pense à elle, — (et j'y pense sans cesse), — quand je crains de la perdre, — (et je le crains toujours), — ma raison s'égare... — Il me semble que je ne la reverrai plus... jamais plus...

Et deux grosses larmes roulèrent sur les joues livides du fils du juge d'instruction.

Le comte Yvan sentait ses paupières humides.

IX

Le comte Yvan reprit :

— Vous aimez cette jeune fille et elle vous aime...
— La fatalité vous sépare en ce moment, mais la fatalité se lassera...

— Mon père vous a-t-il dit que je pouvais espérer ? — demanda vivement Albert.

— Votre père éprouve pour vous une trop vive tendresse pour ne pas vouloir un jour assurer votre bonheur.

— Sa haine pour madame Bressolles est égale à sa tendresse pour moi...

— Les haines les plus fortes, comme les feux les plus ardents, finissent tôt ou tard par s'éteindre...

— Ah ! si je pouvais le croire, comme cette pensée me rattacherait à la vie!!! Vivre pour Marie!
quelle joie!!! — Vous êtes mon ami, cher comte?...

— Votre ami bien sincère...

— Voulez-vous me rendre un service?...

— Certes, je suis tout prêt... Mais parlez peu, je
vous en prie, et surtout ne parlez pas de choses
qui vous affligent... — Une complète tranquillité
est indispensable pour votre prompte guérison.

— Ce dont je veux vous parler n'a rien d'affli-
geant pour moi... au contraire...

— Je vous écoute... — De quoi s'agit-il ?

— Vous connaissez Gabriel Servet ?

— Un jeune artiste de grand talent... Je le connais et je l'admire...

— Vous savez qu'il est mon ami, et qu'avant de
tomber malade j'allais chaque jour travailler dans
son atelier?

— Je sais cela...

— Il a commencé un portrait de Marie... — Ce
portrait, quoique inachevé, est d'une merveilleuse
ressemblance... — Voulez-vous aller le voir?...

— Le portrait? — demanda le comte en souriant.

— Non, répondit Albert, — le peintre...

— Si vous le désirez, j'irai bien volontiers...

— Oh! je vous en prie!... — Cela me fera tant de plaisir !

— C'est donc convenu... — Que lui dirai-je?

— Que je lui demande de faire à mon intention, d'après le portrait, une miniature, un médaillon... — Il ne refusera pas cela, car il m'aime, j'en suis sûr, et il faut qu'il soit très occupé, très absorbé, pour n'être point venu me voir depuis plusieurs jours... — Il comprendra quelle sera ma joie d'avoir sans cesse auprès de moi, sous la glace de ce médaillon, le doux visage de Marie... pour le contempler... pour l'embrasser...

En ce moment l'émotion s'empara du malade, de grosses larmes coulèrent de ses yeux et des sanglots soulevèrent sa poitrine.

— Voyons, Albert, voyons, mon ami, calmez-vous ! — fit le comte en se levant et en serrant les mains du jeune homme. — Cette agitation ne vaut rien pour vous... — Chassez-la donc! — Je vais aller immédiatement chez M. Servet, et j'obtiendrai de lui qu'il fasse ce que vous souhaitez, mais à la condition que vous refoulerez ces larmes qui vous font beaucoup de mal et me font à moi beaucoup de peine.

5.

Le fils du juge d'instruction eut un sourire d'une expression céleste.

— Je ne pleurerai plus... je vous le promets...— dit-il... — Vous êtes bon... Vous m'aimez bien... Merci !...

Yvan Smoïloff, fidèle à sa promesse, quitta le jeune homme et se rendit rue Vavin, à l'atelier de Gabriel Servet.

Le peintre n'était point chez lui.

Un domestique, fort occupé à mettre de l'ordre dans l'atelier, répondit au comte que M. Servet, membre du jury d'examen pour le *Salon* qui ne devait pas tarder à s'ouvrir, ne rentrerait que très tard, mais qu'il serait possible sans doute de le rencontrer le lendemain.

— Je reviendrai demain... — fit le jeune Russe. — Prévenez M. Servet de ma visite, je vous prie...

Et il laissa sa carte.

*
* *

Maurice avait résolu de suivre sans perdre de temps les conseils de ses associés, et de hâter son mariage autant que cela dépendrait de lui.

Son existence actuelle, pleine de crimes et de

dangers, de terreurs et d'angoisses, le fatiguait horriblement.

Il voulait arriver vite au but de ses rêves, toucher sa part de l'héritage d'Armand Dharville et vivre en bon bourgeois millionnaire.

Une fois l'héritage partagé, — se disait le jeune homme, — l'abbé Méryss et le capitaine Van Broecke s'en iront à tous les diables, en Amérique ou aux grandes Indes, et avec eux disparaîtra toute chance que les recherches de la police parisienne aboutissent un jour ou l'autre... — Plus de péril, alors ; la tranquillité absolue ; la paix de l'esprit et du cœur ; point de remords et beaucoup d'argent...

Quel mirage !

Maurice Vasseur, — cette exception dans l'humanité, — raisonnait ses belles espérances aussi froidement qu'il avait combiné ses actions monstrueuses !!

En quittant la rue de Suresnes, il se rendit à l'hôtel de la rue de Verneuil.

C'était l'heure de la visite quotidienne du docteur Dufresnes.

— Madame Bressolles reçoit-elle? — demanda Maurice au valet de chambre qui répondit :

— Monsieur et madame sont au salon avec le no-

taire de monsieur, qui est venu pour affaires... —
Ils ont donné l'ordre de ne pas les déranger tant
que le notaire serait là, mais monsieur Maurice est
presque de la maison, et s'il veut attendre au petit
salon ou au fumoir...

— Oui, — interrompit le jeune homme, — j'attendrai. — Comment va mademoiselle Marie aujourd'hui?

— Toujours la même chose, monsieur... — Bien
faiblotte, notre pauvre demoiselle, bien faiblotte...

— Monsieur le docteur Dufresnes est-il déjà
venu?

— Pas encore...

A cette minute précise un coup de timbre retentit, annonçant une visite, et le médecin parut.

— Ah! — s'écria le valet de chambre, — voici
M. le docteur!

Maurice fit quelque pas à la rencontre du nouveau venu qui lui tendit la main et lui dit :

— Bonjour, monsieur Vasseur... — Vous m'avez
devancé... — Comment va-t-on, ici?...

— Je n'en sais rien, docteur, j'arrive... — Le
valet de chambre à qui j'adressais cette question
me répondait qu'il n'y avait aucun changement...

— Hum! hum! — fit le médecin, — aucun changement!... — Il faut qu'on se hâte de suivre un peu plus à la lettre mes prescriptions, sinon je me fâcherai... — Où est M. Bressolles?

Le domestique répliqua, comme il l'avait déjà fait un instant auparavant :

— Au salon, monsieur, en affaires... avec madame et le notaire...

— Bien, je le verrai tout à l'heure... — Mademoiselle Marie est-elle descendue ?

— Oh! non, monsieur, elle est dans sa chambre...

— Dans sa chambre! par ce beau temps quasi printanier!... — Claquemurée au lieu de respirer l'air pur et de prendre un bain de soleil !.. — Isolée avec ses idées noires, quand j'ai recommandé de continuelles distractions !... — Si tout cela ne se modifie pas au plus vite, je rendrai mon portefeuille ! On ira chercher l'un de mes confrères !...

— Monsieur le docteur monte-t-il tout de suite chez mademoiselle ?

— Non... je veux parler d'abord à M. Bressolles. — J'attendrai...

— Nous attendrons ensemble, — dit Maurice. — Venez au fumoir, docteur... — Je ne serais pas fâché d'avoir avec vous un instant de conversation...

— Tout à votre disposition...

Le médecin suivit au fumoir le fils d'Aimée Joubert, et tout en allumant un cigare, demanda :

— De quoi s'agit-il?

— De mademoiselle Marie...

— Ah! ah!... — Est-ce que vous connaîtriez par hasard un moyen de la guérir?

— Peut-être bien...

— Dois-je saluer en vous un de mes collègues, cher monsieur? — Auriez-vous étudié la médecine?... — fit le docteur en souriant.

— Très peu... en amateur... mais assez cependant pour pouvoir mettre un point lumineux dans les ténèbres...

— Vous piquez ma curiosité, je l'avoue...

— Je suis prêt à la satisfaire...

— Apprenez-moi d'abord, vous, — dit Maurice, — si vous attribuez la maladie de mademoiselle Bressolles aux suites du terrible accident dont elle a été victime...

— La morsure de la vipère?... — En grande partie, oui...

— En grande partie... — répéta Maurice. — Y aurait-il donc encore une autre cause?

— Il y en a une, et je croyais que vous ne l'ignoriez pas...

— Faites-vous allusion à l'amour enfantin que mademoiselle Bressolles croit éprouver pour M. Albert de Gibray.

— Sans doute...

— Mais cela n'a pas d'importance...

— Cela en a beaucoup plus que vous ne le croyez... — Enfantin ou sérieux, l'amour dont nous parlons cause une souffrance morale à mademoiselle Marie, et la souffrance morale devient souffrance physique pour son corps affaibli...

— A cela, quel remède?

— Il y en a deux : — Le premier, simple dérivatif, la distraction. Le second, tout-puissant, un autre amour...

— Très bien... — Nous traiterons cette question dans un instant... — Occupons-nous maintenant de cette part de maladie résultant de la morsure venimeuse... — Malgré la succion immédiate opérée par Albert de Gibray, une partie du venin s'est donc mêlée au sang?

— Oui. — Cette partie est trop faible pour occasionner la mort, mais suffisante pour déterminer la

maladie de langueur qui ne laisse pas de me préoccuper beaucoup, et de m'inquiéter un peu...

— Avez-vous étudié les travaux des médecins
d'Amérique qui se trouvent à même, plus souvent
que leurs confrères d'Europe, de combattre le virus
des reptiles?

— Oùi.

— Vous avez lu le fameux mémoire de John
Brown?

— Je l'étudiais ce matin encore avec un intérêt
très vif... — répliqua M. Dufresnes. — Mais à quoi
diable en voulez-vous venir?...

X

Maurice répondit à la question du docteur Dufresnes par une autre question :

— Parmi les moyens de guérison indiqués par
John Brown, n'en est-il pas un qui, plus particuliè-
rement, ait attiré votre attention?

— Oui.

— Lequel?

— Celui qui se rapporte au mariage de la jeune
fille mordue par un reptile, et restant soumise à
l'influence morbide d'une portion de venin mêlée au
sang...

— C'est justement sur ce moyen curatif que je

voulais appeler votre attention. — Le regardez-
vous comme infaillible?...

— Oui, puisque telle est l'opinion, non seulement de l'auteur américain mais de plusieurs spé-
cialistes français très compétents...

— En avez-vous parlé à M. Bressolles?

— Assurément non...

— Pourquoi?

— A quoi bon parler d'une chose impraticable?...

— Impraticable, à quel point de vue?

— Mademoiselle Bressolles est, paraît-il, très
éprise d'Albert de Gibray, qui s'est si courageuse-
ment dévoué pour elle... — Or, Albert de Gibray est
malade, très malade, et, d'après ce que j'ai entendu
dire au médecin qui lui donne des soins, sa guérison paraît au moins douteuse... — Il est donc ma-
tériellement impossible de penser à lui comme mari
et, en supposant que mademoiselle Bressolles, cé-
dant aux sollicitations de son père et au désir de
combattre victorieusement la maladie de langueur
qui la mine, se résignât à une autre union, où
rencontrer l'homme qui, dans l'état où se trouve la
pauvre jeune fille, consentirait à la prendre pour
compagne, pâle, amaigrie, se soutenant à peine?...

— Cet homme existe, n'en doutez pas! — s'écria vivement Maurice.

— Oh! oh! — fit le docteur, — comme vous dites cela chaleureusement! — Est-ce que par hasard?...

Il s'interrompit.

— Eh bien, oui... — répondit le fils d'Aimée Joubert, — j'aime mademoiselle Bressolles depuis longtemps... Je l'aime de toutes les forces de mon âme, et si je lui ai caché ma tendresse, si je n'ai point fait l'aveu de mon amour à son père, c'est que je savais qu'elle avait donné son cœur à un autre... — Cet autre est dangereusement malade et, — vous le disiez vous-même tout à l'heure, — son retour à la santé n'est rien moins que probable... — Dieu m'est témoin que si Albert de Gibray, en pleine force, en pleine santé, pouvait sauver Marie en l'épousant, j'aurais continué à me taire... J'aurais caché le secret de mon amour au fond de mon âme comme je l'ai fait jusqu'à ce jour...

— Albert de Gibray est mourant... Je parle... — Mon plus ardent désir est de sauver mademoiselle Bressolles en devenant son mari!...

— Je suis heureux de savoir cela!... — répliqua le docteur Dufresnes. — Vous êtes un noble cœur!

— Donnez-moi votre main. — Rien ne s'oppose plus désormais à ce que j'aborde carrément avec M. Bressolles le sujet délicat que j'osais à peine effleurer...

— L'aborderez-vous en ma présence?

— Non pas! — Ce serait maladroit... — Mieux vaut proposer d'abord au père le dévouement d'un inconnu et vous nommer ensuite, ce qui triompherait à coup sûr de ses hésitations, si dans l'espèce il pouvait en avoir...

La conversation fut brusquement interrompue.

L'ex-architecte et Valentine entraient dans le boudoir.

— Pardonnez-moi de vous avoir fait attendre, mes amis... — dit M. Bressolles. — Nous étions en affaires...

— J'ai causé avec M. Vasseur et le temps m'a paru très court... — répondit le médecin. — Nous allons monter chez notre malade, si vous le voulez bien...

— Puis-je vous accompagner pour avoir plus vite des nouvelles de mademoiselle Marie? — demanda Maurice.

— Parfaitement... — répliqua Valentine. — Marie est levée depuis deux heures...

On gagna le premier étage où se trouvait l'appartement de la jeune fille.

La pauvre enfant, enveloppée dans un long peignoir de cachemire blanc, était assise ou plutôt à demi couchée sur une chaise longue.

D'une blancheur d'albâtre, et tellement amaigrie qu'elle paraissait presque diaphane, elle avait la tête penchée. — Son regard sombre attestait que des pensées noires hantaient son esprit.

En voyant entrer le docteur elle eut un pâle sourire et lui tendit la main.

Comment allez-vous, mon enfant? — demanda M. Dufresnes.

— Comme hier... comme avant-hier... — répondit tristement la malade. — Il me semble que je n'irai plus jamais bien...

— Nous allons voir cela.

Le docteur s'assit auprès de la jeune fille dont il tenait toujours la main dans les siennes.

Cette main était moite et brûlante.

Il appuya deux de ses doigts sur l'artère dont il trouva les mouvements précipités et irréguliers.

— Regardez-moi bien en face... — dit-il alors.

Marie leva ses grands yeux vers le médecin qui les examina très attentivement.

Pendant cet examen il fronça les sourcils. — Ce plissement de mauvais augure n'échappa ni à M. Bressolles, ni à Maurice.

Le docteur poursuivit :

— Avez-vous pris ce matin votre potion ?...

— Oui... — à l'heure indiquée.

— Et, ensuite, qu'avez-vous fait ?

— J'ai voulu lire, mais la lecture m'a fatiguée presque tout de suite...

— Et, alors ?

— J'ai laissé tomber mon livre et je me suis mise à penser...

— Voilà ce que je vous défends !

— Vous me défendez de penser ?

— Je vous défends de causer avec vous-même, de vous absorber dans des rêveries sans fin, qui vous attristent fatalement...

— Mais puisque la lecture me fatigue...

— Il ne s'agit pas de lecture... il s'agit de distractions actives... Je veux que vous preniez de l'exercice... que vous sortiez...

— Sortir !! — Je suis si faible...

— C'est en combattant la faiblesse par le mouvement qu'on en triomphe !... — J'avais fait à ce

sujet des recommandations spéciales à M. votre
père...

— Mon père m'a proposé de me conduire en voiture au bois de Boulogne... — Il a même insisté
beaucoup... — J'ai refusé...

— Pourquoi?

— Je ne sais... — Je ne puis alléguer d'autre
motif que celui-ci : — J'aime mieux rester dans ma
chambre, toute seule...

— C'est cela! — s'écria le docteur. — Pour
rêver... pour vous absorber dans vos pensées... pour
broyer du noir!! — Joli régime!! — Mais je veux
vous guérir, moi, sapristi!! — C'est mon état d'être
guérisseur! — Il s'agit donc d'écouter votre médecin, et non vos désirs de solitude... — Du grand
air, du mouvement, de la fatigue physique, voilà ce
qu'il vous faut!... Voilà ce que j'ordonne. — Chaque
jour une heure au bois... une heure dans les mu-
sées... les salles d'exposition... l'Hôtel des Ventes...
Le soir, une heure au théâtre ou au concert... —
Quand le corps sera brisé, le sommeil viendra... —
Je suis certain que vous avez mal dormi cette nuit...

— Très mal, oui, docteur...

— Vous avez eu, comme toujours, un peu de
fièvre...

— Je le crois...

— Et moi je n'en doute pas... — A quelle heure vous étiez-vous mise au lit hier?

— A neuf heures...

— C'est beaucoup trop tôt... — Vous prendrez ce soir une cuillerée de votre potion, et vous vous coucherez le plus tard possible... pas avant onze heures... — Est-ce convenu?... — Ferez-vous cela?

— Oui, docteur, pour vous être agréable.

— Eh! sapristi! il ne s'agit point de m'être agréable, mais de guérir vite, pour rassurer tous vos amis, pour rendre heureux vos bons parents qui vous aiment!...

Valentine se détourna pour cacher une grimace dédaigneuse.

Ludovic Bressolles, lui, ému jusqu'aux larmes, entoura l'enfant de ses bras en murmurant à son oreille :

— Oui, chère mignonne, pour l'amour de moi, laisse-toi guider... laisse-toi guérir... Écarte toutes les pensées sombres et tous les noirs soucis qui n'ont point de raison d'être... Redeviens vite forte et vaillante, animée et joyeuse, si tu ne veux me faire mourir de chagrin...

Marie appuya sa tête sur l'épaule de son père et répondit :

— Tu sais bien que jamais... jamais... volontairement, je ne te causerai de peine... — J'écouterai le docteur, je te le promets... — Je sortirai... Je me distrairai... Je ferai tout ce que tu voudras... Mais il ne faut pas avoir de chagrin.

Et l'enfant se mit à pleurer.

Ludovic sanglotait d'attendrissement.

Valentine essuyait ses yeux secs.

Une larme hypocrite, — une larme de crocodile, — coulait sur la joue de Maurice, et le jeune homme paraissait éprouver une émotion violente.

— Allons, allons, — reprit le docteur, — assez d'émotion, ma chère malade... — Vous serez raisonnable, c'est entendu, et vous ne vous ferez plus gronder par moi, n'est-ce pas?

Marie lui tendit de nouveau la main et répondit avec un sourire angélique :

— C'est convenu...

— Vous serez bien obéissante?...

— Je vous le promets...

— Quelles que soient mes ordonnances vous vous y soumettrez?... Alors nous serons bientôt en pleine voie de guérison, mais il faut que la soumis-

sion commence tout de suite... — Il faut que vous preniez du mouvement dès aujourd'hui... — Vous aurez pour compagnons de promenade M. votre père et M. Maurice Vasseur, qui tout à l'heure encore me disait qu'il serait heureux et fier de se mettre à votre disposition, et qu'il vous servirait de guide à travers ce Paris qu'il connaît si bien...

Marie regarda Maurice qui lui souriait.

— J'accepte... — dit-elle.

XI

A peine Marie Bressolles avait-elle prononcé ces deux mots : — *J'accepte*, que la figure du fils d'Aimée Joubert devint rayonnante.

— Ah! mademoiselle, s'écria le jeune homme, — que vous me rendez heureux!!! — Je ferai en sorte que vous n'ayez pas à vous repentir de m'avoir accepté pour guide... —Je m'engage à trouver chaque jour un but de promenade intéressant... — Pour commencer, c'est après-demain le jour d'ouverture de l'exposition de peinture au palais de l'Industrie... — Voulez-vous y venir?...

— Certes, je le veux bien, — répliqua Marie, dont la physionomie s'anima comme par enchantement. — Voilà une idée heureuse... — Nous irons admirer le tableau que doit exposer M. Gabriel Servet, et qui ne peut manquer d'obtenir un succès énorme si le public est juste... — N'est-ce pas, père ?

— C'est mon avis... — répondit Ludovic Bressolles.

— Surtout, — reprit le médecin, — ne craignez pas de vous fatiguer en cherchant des distractions... — Je ne saurais trop vous le répéter... — Le résultat favorable ne se fera point attendre... — Je pourrais même dire qu'il se produit d'avance, car rien que l'idée d'une promenade au salon de peinture à rendu ma chère malade méconnaissable... — Les yeux sont brillants, les couleurs reviennent aux joues!... — Voilà comme je veux vous voir tous les jours...

— Je tâcherai d'être ainsi, docteur...

— Si vous tenez parole, tout ira bien... — A demain, mademoiselle !...

— Cher docteur, à demain !

— Et tantôt, une bonne promenade... — J'y compte absolument...

M. Dufresnes quitta la chambre de Marie avec M. et madame Bressolles et Maurice.

Tous quatre redescendirent au salon.

— Quinze jours de distractions variées, — dit le médecin, — et nous aurons triomphé de la maladie morale, ceci ne fait pas question pour moi... — Occupons-nous, maintenant, de la guérison physique non moins importante... — Cher monsieur Vasseur, je vous prierai de vouloir bien me laisser un instant avec M. et madame Bressolles.

— Mais comment donc !... — répondit Maurice. — Je vais prendre congé et partir.

— Non, non, — fit vivement le docteur. — Votre présence est nécessaire ici... indispensable même... — J'ai compté sur vous pour distraire mademoiselle Bressolles, et personne au monde ne saurait comme vous s'acquitter de ce rôle. — Quittons-nous, mais revenez dans cinq minutes... — L'entretien sera court.

— Je vais donc attendre dans le fumoir... — répliqua Maurice.

Et il sortit.

— Cher ami, — commença l'ex-architecte dès que la porte se fut refermée derrière le jeune homme, parlez vite !... — Je suis sur des charbons ardents !...

— Je ne vous ferai pas languir... — Vous aimez tendrement votre fille...

6.

— Plus que tout au monde...

— Vous ne reculeriez devant aucun sacrifice pour la voir guérie...

— Je donnerais sans hésiter ma fortune entière...

— Votre fortune n'a rien à voir là dedans... — Il ne s'agit point de ruiner mademoiselle de Bressolles, mais de la marier.

— La marier ! — répétèrent à la fois l'ex-architecte et Valentine.

— Oui.

— En ce moment ?

— Jamais moment ne fut plus opportun...

— Expliquez-vous ?

— Je vais le faire... — Je vous ai dit que j'étudiais avec patience la maladie de votre fille, et que j'espérais trouver un remède assez efficace pour la combattre victorieusement.

— Eh bien ?...

— Eh bien, ce remède, je l'ai trouvé, et sa découverte ne résulte point uniquement de mes observations personnelles, mais des observations de nos plus illustres confrères, des princes de la saience, de ceux enfin dont l'autorité est indiscutable... — Je n'entrerai point avec vous dans des considérations scientifiques qui n'en finiraient

pas... — Je laisserai de côté les mots techniques...
— Il me suffira de vous affirmer qu'à la maladie de
langueur causée par la morsure venimeuse d'un
reptile, il n'est qu'un seul remède efficace, c'est le
mariage ou plutôt la naissance d'un enfant qui,
selon les lois naturelles, doit être la suite du mariage.

— En vérité, je vous comprends mal... — murmura Ludovic Bressolles.

— Je vais me faire comprendre...

Et M. Dufresnes répéta ce que savent déjà nos
lecteurs, pour avoir entendu Lartigues le dire à
Maurice et à Verdier.

Il conclut en ces termes :

— Donc, n'hésitez pas... — Point de retard...
— Il faut agir le plus vite possible !... — Je serais
au désespoir de vous causer de l'inquiétude, mais
je suis bien contraint d'avouer que le temps presse !

Ayant ainsi parlé, le médecin attendit.

Valentine avait tressailli violemment. — Elle
venait de comprendre.

Ludovic Bressolles, lui, baissait la tête et restait
muet.

— Eh quoi ! vous ne répondez pas ! — fit
M. Dufresnes au bout d'un instant.

— Que puis-je répondre ?... — murmura le pauvre père. — Je me vois en face de formidables obstacles dont vous semblez ne tenir aucun compte... — Vous connaissez l'état du cœur de Marie... — Vous savez qu'elle aime Albert de Gibray... — Or, Albert de Gibray est dangereusement malade... Sa maladie sera longue, sa convalescence plus longue encore, et vous affirmez que le temps presse !... — Que faire donc ? — Parler à Marie d'un autre mariage, dans l'état de faiblesse où elle se trouve, serait la tuer !!

— N'en croyez rien ! — répliqua le docteur. — Elle mourrait bien plus sûrement de son mal ! — Je ne suis pas romanesque, moi, je suis positif ! — Qui veut la fin veut les moyens ! Mademoiselle Marie, d'ailleurs, tient à guérir, ne fût-ce que pour vous qui ne pourriez pas vivre sans elle ! — Vous la prendrez par les sentiments et vous verrez qu'elle obéira !!

— En se sacrifiant !!

— Qu'importe, puisque ce sacrifice est dans son intérêt ?

Valentine intervint.

— A l'âge de Marie, — dit-elle, — le cœur sait à peine ce qu'il veut... — Il se console vite, il ou-

blie... — D'ailleurs, — ajouta-t-elle, — le romanesque amour de Marie ne doit plus guère exister
qu'à l'état de souvenir, puisque les médecins ont
condamné celui qu'elle aimait, et elle ne l'ignore
pas.

— Madame a raison ! — appuya M. Dufresnes.

— Soit ! — reprit Ludovic. — Admettons tout
cela... — Les obstacles dont je parlais tout à
l'heure, pour être moins nombreux ne sont pas
supprimés. — Qui donc voudrait courir le risque, en
épousant une enfant languissante, affaiblie, de devenir veuf après six mois de mariage ? — Assurément personne...

— A moins, — répondit le médecin, — à moins
de trouver un homme qui depuis longtemps aime
en silence mademoiselle Bressolles, et se dévoue
dans l'espoir de la sauver...

— Cet homme n'existe pas...

— Il existe.

— Vous le connaissez?

— Oui... et vous le connaissez aussi, vous !... —
C'est un jeune homme charmant et loyal... — Il
adore votre fille, et il vous aime comme un fils
aime son père...

— Il vous l'a dit ?

— Avec une éloquence que ma froide parole ne saurait reproduire...

— Nommez-le-moi...

— C'est Maurice Vasseur...

— Je l'avais deviné! — s'écria Valentine avec une expression indéfinissable qui pouvait être celle du triomphe aussi bien que celle de la colère. — — Je me croyais certaine que M. Maurice venait ici pour Marie et je vous l'avais dit... — Vous devez vous en souvenir...

Ludovic fit un signe affirmatif.

Le médecin continua :

— Il est certain que mademoiselle votre fille n'est point éprise de Maurice Vasseur, mais elle me paraît éprouver pour lui une amitié très vive... — Or, de l'amitié à un sentiment plus tendre il n'y a qu'un pas... — Maurice commencera par distraire mademoiselle Marie, qui très rapidement arrivera à ne plus pouvoir se passer de lui... — C'est pour arriver à ce résultat que j'ai institué Maurice l'organisateur et le compagnon des distractions de notre chère malade... — Ai-je eu tort?

— Non, certes, — répondit l'ex-architecte en serrant la main du docteur. — Je rends toute justice à vos intentions excellentes et vous agissez en ami véritablement dévoué.

— Vous me rendez justice... c'est très bien, mais ce n'est pas tout... — Suivrez-vous mes conseils ?...

— Le moyen de ne pas les suivre ? — Vous me dites qu'un mariage est indispensable pour sauver Marie... — Puis-je vous répondre : — *Elle ne se mariera pas !...* — Assumer une si terrible responsabilité serait un crime...

— Alors vous admettez l'idée de ce mariage ?

— En principe, oui.

— Vous acceptez Maurice Vasseur pour gendre ?...

Ludovic Bressolles poussa un long soupir avant de répondre :

— Ce n'est pas lui que j'aurais choisi, mais la situation étant ce que vous dites, il ne m'est point permis d'accueillir par un refus son acte de dévouement... — Dès aujourd'hui, je parlerai à Marie.

— Gardez-vous-en bien !... — s'écria le docteur.

— Comment ?

— Ce serait la chose du monde la plus maladroite... — Une trop grande hâte pourrait tout compromettre, tout perdre... — Il faut agir vite,

puisque le temps presse, mais ne rien brusquer...
— Laissez-moi juge du moment opportun... —
Quand les distractions que j'ordonne auront produit bon effet, quand votre fille aura repris un peu
de force, un peu de gaieté, en un mot, sera plus
vivante, je vous ferai signe... — Jusque-là pas un
mot.

— Ah! je vous le promets, car la seule idée de
ce qu'il faudra dire m'épouvante...

— Pas un mot non plus à Maurice... — reprit le
médecin. — Il ne faut pas lui donner d'espoir
avant d'avoir la certitude qu'une déception terrible
n'en résultera point pour lui...

— C'est entendu !...

— A demain, donc !

— A demain...

XII

Le docteur partit après avoir serré la main de
M. Bressolles et de Valentine.

Il se rendit au fumoir, où Maurice attendait en
lisant, ou plutôt en faisant semblant de lire un
journal.

Le jeune homme leva la tête en voyant M. Dufresnes et lui demanda :

— Eh bien ?

— Tout va le mieux du monde, mon cher ami...
— répondit le médecin.

— Comment l'entendez-vous ?

— Comme il faut l'entendre... — Selon toute pro-
babilité, avant un mois Marie Bressolles sera votre

femme... Elle vous devra la guérison, la santé, e
vous donnera certainement le bonheur, car c'es
une adorable enfant...

— Croyez bien, cher docteur, à ma reconnais
sance...

— Généralement je doute de la reconnaissance
mais je crois à la vôtre, car vous êtes une natur
d'élite...

Maurice, resté seul, murmura :

— Le docteur a raison, tout va bien ici... —
Maintenant il faudrait trouver Simone et la chanc
serait complète.

Il ajouta avec un sourire :

— Je suis curieux de savoir ce que pense Valen
tine... — Ou je me trompe fort, ou nous auron
maille à partir ensemble.

A ce moment précis l'ex-architecte et ma
dame Bressolles vinrent le rejoindre.

M. Bressolles semblait presque joyeux.

Valentine était sombre.

Elle trouva moyen de glisser dans l'oreille de
Maurice ces mots :

— J'ai à vous parler... — Venez demain de bonne
heure....

Le fils d'Aimée Joubert fit un signe affirmatif.

*
* *

Nous l'avons dit dans un des précédents chapitres de ce récit, la fin de l'hiver ressemblait à la naissance du printemps.

Le soleil échauffait la terre et les bourgeons précoces se gonflaient sur les arbrisseaux.

Après midi Lartigues et Verdier, que Maurice avait quittés pour se rendre rue de Verneuil, s'étaient dirigés ensemble vers le chemin de fer de Vincennes.

Au moment où ils allaient entrer dans la gare, Verdier demanda :

— C'est à Port-Créteil que nous allons nous rendre ?

— Oui, car c'est à Port-Créteil que l'envoyé du comte Boris Romanzoff doit m'attendre.

— A quelle heure ?

— A trois heures...

— Eh bien, mon cher, nous avons beaucoup plus de temps qu'il ne nous en faut pour arriver à notre rendez-vous... — Nous allons donc changer l'itinéraire...

— Soit ! Mais pourquoi ?

— Par excès de prudence, si tu veux... — Je m[e]
défie des gares où des agents munis de ton sign[a-]
lement peuvent être postés; quoique tu sois diffi[ci-]
lement reconnaissable sous le costume du Holla[n-]
dais Van Broecke, trop de précautions ne nuise[nt]
jamais...

— C'est un axiome inattaquable ! — dit Lartigu[e]
en riant. — Quel itinéraire proposes-tu ?

— Nous allons prendre le bateau-mouche ju[s-]
qu'au pont de Charenton, où nous descendrons[.]

— Et, de là ?

— De là nous irons à Port-Créteil par le chem[in]
de halage qui longe la Marne...

— Pourrons-nous traverser pour aller au lieu [du]
rendez-vous, et éviter de faire le grand tour par [le]
pont ?

— Oui... — Le marchand de vin restaurateur [a]
un service de bateaux... — Nous n'aurons qu[à]
appeler, on viendra nous prendre.

— Allons donc...

Les honorables associés, au lieu d'entrer dans [la]
gare de Vincennes, gagnèrent le pont d'Austerli[tz]
et montèrent dans le bateau-mouche dont la statio[n]
se trouve en face du Jardin des Plantes.

Verdier était un fin renard.

Il avait eu raison de se méfier car, malgré l'inaction apparente de la police, on recherchait activement les deux bandits.

Le signalement de Lartigues et celui du faux ecclésiastique étaient donnés à tous les agents.

Il est vrai que Verdier ne portait point ce jour-là son costume de prêtre, et que le nouveau travestissement de Lartigues n'était pas encore éventé, mais Aimée Joubert n'avait pas été nommée pour rien l'*Œil de chat*.

Il lui aurait suffi peut-être d'un regard pour percer à jour les masques sous lesquels se cachaient les deux bandits.

L'itinéraire proposé par Verdier venait sans doute de les sauver.

S'ils étaient partis par Vincennes, ils se seraient trouvés dans la salle d'attente en présence de trois personnes qui, malgré leurs déguisements, auraient fort bien pu les reconnaître.

Ces trois personnes étaient madame Rosier, Galoubet et Sylvain Cornu.

Madame Rosier portait un costume de maraîchère des environs de Paris; marmotte faite d'un mouchoir rouge à pois blancs; jupe de droguet gris avec un large tablier bleu fané et fripé.

Elle avait au dos une petite hotte sur laquelle s'étageaient trois paniers vides. — Au fond de sa hotte reposaient des mottes de beurre soigneusement enveloppées de feuilles vertes.

Galoubet et Sylvain Cornu, habillés en paysans, offraient les visages tannés et les allures de vrais villageois travaillant la terre du matin jusqu'au soir.

Où allaient les trois policiers ?

Tout justement à Port-Créteil, où Lartigues et Verdier se rendaient eux-mêmes.

Aimée Joubert, — nous l'avons répété plus d'une fois, — ne perdait nullement courage.

S'étant jurée à elle-même de dépister Lartigues elle le cherchait sans cesse, elle le cherchait partout, comme un limier bien dressé, sage et ardent à la fois, qui fouille tour à tour les taillis et les guérets.

Tantôt elle explorait un coin de Paris, tantôt quelque village des environs.

Quand Jodelet et Martel étaient dans un endroit, elle allait dans un autre avec ses gardes du corps Galoubet et Sylvain Cornu, tenace, résolue, infatigable.

Lorsque les malfaiteurs se sentent traqués de

trop près dans **Paris**, lorsque la meute policière leur *souffle au poil,* pour emprunter une expression au langage de la vénerie, les environs de Paris leur offrent de nombreux asiles.

Madame Rosier connaissait les habitudes des bandits.

Elle avait en **outre** été avisée par la préfecture que Port-Créteil était en ce moment fréquenté par bon nombre de gens suspects qui s'y donnaient rendez-vous.

Assurément elle ne comptait point y trouver Lartigues, qui faisait partie de l'aristocratie du crime et ne devait pas se commettre en des fréquentations de bas étage, mais elle pouvait mettre la main sur des gredins en sous-ordre dont les révélations seraient peut-être utiles à ses recherches.

Les billets étaient pris.

On ouvrit les portes.

Un surveillant cria :

— Messieurs les voyageurs, en voiture !...

Madame Rosier fit un signe à Sylvain Cornu et à Galoubet, qui la suivirent.

Tous les trois se placèrent dans un compartiment de troisième classe.

Quarante minutes plus tard ils descendirent à Saint-Maur-les-Fossés d'où ils gagnèrent Port-Créteil, petit village posé coquettement sur les bords de la Marne, et dont presque toutes les maisons sont habitées par d'anciens commerçants retirés des affaires avec une modeste fortune, et qui viennent se reposer là des fatigues d'une vie de travail.

D'autres maisons, — toutes meublées, celles-là, — sont louées l'été pour trois mois, pour un mois, quelquefois pour quinze jours ou pour une semaine.

On voit en outre à Port-Créteil une population flottante de gens qui seraient fort en peine d'expliquer catégoriquement où ils prennent l'argent qu'ils dépensent, et que le dimanche viennent retrouver une foule de femmes de mauvaise vie.

En atteignant la première maison du village, madame Rosier fit halte.

— Attention ! — dit-elle à Galoubet et à Sylvain Cornu. — Voici la consigne : — Je vais entrer dans plusieurs établissements pour offrir et vendre mon beurre. — Allez m'attendre chez le dernier marchand de vin qui se trouve sur le chemin de halage. — Ce mastroquet se nomme Cabusson. —

C'est un Provençal bavard et hâbleur qui aime à
lever le coude... — Faites-le boire, en ayant grand
soin de vous ménager vous-mêmes... — Quant il
aura bu, sa langue se déliera... Poussez-le à bavar-
der ferme !... — Il vous donnera des renseignements très exacts sur les gens qui fréquentent en
ce moment les bords de la Marne. — Il les connaît
tous...

— Suffit... — dit Galoubet. — Alors c'est chez
ce Cabusson que vous viendrez nous rejoindre, patronne ?

— Oui... — Notre rencontre sera toute fortuite
en apparence... — Jouez bien votre rôle, et surtout
ne vous grisez pas...

— Soyez paisible... — On sera sobre et malin !

Les deux hommes se dirigèrent aussitôt vers le
poste d'observation qui leur était assigné par la
patronne, — ainsi qu'ils nommaient madame Rosier.

Pendant ce temps celle-ci commençait ses excur-
sions autour du pays, entrant partout, dans les
maisons particulières, dans les cafés, chez les épi-
ciers, chez les marchands de vin, offrant son
beurre et, quand on consentait à traiter avec elle,

ayant grand soin de le vendre à perte pour s'attirer la bienveillance des acheteurs.

Bref elle se donnait beaucoup de mal, et ce mouvement continuel, cette activité dévorante, ne
semblaient pas devoir lui rapporter le plus mince
résultat.

XIII

Lartigues et Verdier, en venant par eau au lieu de prendre le chemin de fer, s'étaient laissé distancer par madame Rosier.

La policière avait déjà fait une partie de sa tournée lorsque les deux promeneurs arrivèrent en face des premières maisons qui bordent le chemin de halage, à deux portées de fusil de la route du canal Saint-Maur, de l'autre côté de la Marne, tout près de la route de Créteil.

— Voici des embarcations... — dit Verdier en voyant un canot et un bateau plat amarrés à la berge.

— Et, en face, un marchand de vin, — ajouta Lartigues. — Nous demanderons le passage...

— En même temps nous boirons un bock. — reprit le faux abbé Méryss. — La marche m'a donné une soif de tous les diables.

Les deux compagnons se dirigèrent vers l'établissement du marchand de vin.

Cet établissement était celui de Cabusson, le Marseillais.

Galoubet et Sylvain Cornu avaient pris place au dehors, sous une tonnelle encore vierge de verdure, et le patron, un verre à la main, leur tenait tête en leur racontant des histoires de l'autre monde avec sa verve et sa hâblerie de Méridional.

Les gardes du corps d'Aimée Joubert riaient des racontars de Cabusson, dont la faconde inépuisable se trouvait encore surexcitée par des libations copieuses.

En voyant entrer deux nouveaux consommateurs, le Marseillais ne se dérangea pas.

Il se contenta de crier d'une voix sonore, en tapant sur la table avec son verre :

— Hé ! madame Cabusson, du monde ! coquin de Diou !... — Faites donc un peu attention ! tè ! ma vieille !...

Et il continua la conversation commencée.

Sylvain Cornu et Galoubet avaient tourné la tête,

mais ils n'accordaient qu'une faible attention aux arrivants, absorbés comme ils l'étaient par les réjouissantes calembredaines du Méridional.

Madame Cabusson, — une vigoureuse commère à la face large et enluminée, — apparut aussitôt, et avec un accent qui ne le cédait en rien à celui de son mari vint demander aux nouveaux venus ce qu'ils désiraient.

— De la bière... — répondit Lartigues.

— Dans la salle ou dans le jardin ?...

— Dans le jardin, s'il vous plaît...

— Bien, messieurs...

Et madame Cabusson apporta une cannette et deux verres qu'elle plaça sur une table de bois blanc.

Galoubet et Sylvain Cornu tournaient le dos à Verdier et à Lartigues dont la présence continuait à ne pas les préoccuper.

Cependant il se produisit un fait qui modifia singulièrement les dispositions de Galoubet et le détermina bien vite à changer de place.

— Cette petite promenade m'a dégourdi les jambes, — disait Verdier tout en dégustant la bière de Strasbourg qui remplissait son verre ; — je suis content d'avoir changé notre itinéraire...

Assurément les paroles étaient insignifiantes, mais le son de la voix fit dresser l'oreille à Galoubet.

Il se retourna lentement et regarda le personnage qui venait de parler.

Verdier grimé et costumé en vieux petit rentier du Marais, ne ressemblait nullement au faux abbé dont il connaissait si bien les traits.

— Oh ! oh ! — pensa le policier de fraîche date, — ce n'est pas la première fois que j'entends cet organe-là... — Diable de soleil qui me tape dans l'œil !... — ajouta-t-il à haute voix.

Il se leva, prit son tabouret, fit le tour de la table et vint s'asseoir à côté de Gabusson qui gesticulait et pérorait toujours.

Dans cette position nouvelle il se trouvait juste en face de Verdier, sur lequel il riva ses yeux.

Le pseudo-capitaine Van Broecke et son associé causaient maintenant à voix basse.

— Quelle heure as-tu ? — demandait Lartigues.

Verdier regarda sa montre et indiqua l'heure.

Lartigues reprit :

— Nous avons du temps devant nous. — Reposons-nous ici... — Rien ne sert d'arriver trop tôt.

Galoubet ne perdait pas de vue les mouvements des deux hommes.

Après quelques minutes d'examen attentif, son visage s'assombrit.

Ne reconnaissant pas du tout le personnage dont la voix l'avait frappé, il commençait à douter de sa mémoire.

Verdier, tout en causant, arrêta machinalement les yeux sur lui.

Galoubet comprit le danger.

Si ses premières suppositions ne l'avaient pas trompé il pouvait être reconnu. — L'homme alors filerait sans lui laisser le temps de crier : — holà !...

Il s'empressa de poser son coude sur la table et d'appuyer sa tête sur sa main de manière à cacher une partie de son visage.

Trop tard !

Verdier avait eu le temps de voir le visage et de le reconnaître.

— C'est l'homme du bal de l'Opéra ! — se dit-il, — L'autre doit être le second *Médecin de Molière*... — Serait-on sur notre piste ?...

Une réflexion le rassura.

— C'est impossible, — continua-t-il, — puisque ces hommes étaient arrivés avant nous et que personne ne sait que nous devons aller à Port-Créteil aujourd'hui... — Cependant madame Rosier doit être pour quelque chose dans ceci... — Il faut partir.

Verdier se pencha vers Lartigues et lui dit tout bas :

— Paye, et filons...

— Déjà ?...

— Paye, te dis-je, et dépêche-toi... — Il y a ici de la police... — Ne te retourne pas... — Nous gagnerons le pont de Créteil au lieu de passer la Marne...

Obéissant à la recommandation qui venait d'être faite, Lartigues frappa sur la table sans se retourner.

Cabusson parlait toujours, et pas plus qu'il ne s'était dérangé pour servir ses deux nouveaux clients, pas plus il ne se dérangea pour encaisser.

— Madame Cabusson ! Hé ! — cria-t-il de sa voix vibrante. — Coquin de Diou ! n'entendez-vous point qu'on vous appelle ?... — Viendrez-vous à la fin, ma vieille ! tè !...

La Marseillaise vint recevoir une pièce de cinq francs et donna la monnaie.

Lartigues et Verdier quittèrent leur tonnelle de l'air le plus calme.

— Bonne affaire! — murmura Galoubet à demi-
voix. — Ils s'en vont!...

— Qui ça? — demanda Sylvain Cornu.

— Les deux particuliers qui étaient là...

— Eh ! bien, qu'est-ce que ça peut nous faire ?

— Ça peut nous faire beaucoup si c'est ceux que
que je crois...

Ce dialogue haché, dont il n'entendait que quelques mots, surexcita la curiosité de Cabusson.

— Quoi donc? Quoi donc? — s'écria-t-il. —
Qu'est-ce qu'il y a? — De qui parlez-vous?

— Nous ne parlons de personne, mon brave, et
et il n'y a rien... — répliqua Galoubet en jetant
trois pièces de vingt sous sur la table.

Puis, sans attendre la monnaie, il gagna rapidement le chemin de halage avec Sylvain Cornu.

Les deux promeneurs suspects étaient déjà à
cent pas de la maison du marchand de vin.

Maintenant, ils marchaient vite.

— M'expliqueras-tu ?... — commença Sylvain
Cornu.

— Je suis certain que l'un des deux est le faux
curé !... — Je l'ai reconnu à la voix... Il m'a reconnu au visage... tu as vu, ils ont filé...

— Si tu en es certain, il faut courir après, les re-

joindre, les arrêter, crier à l'aide, et les maintenir
jusqu'à l'arrivée de la patronne...

Galoubet se grattait l'oreille.

— C'est que je ne suis pas tout à fait assez sûr
pour faire un éclat et nous flanquer sur les reins
une arrestation arbitraire... — Cependant il me
semble ne point me tromper... — Vois-tu comme
ils se dépêchent pour gagner sur nous.

— Nous ne risquons rien de les filer...

Après cinq minutes de *filage* silencieux, Galoubet
poussa une exclamation de joie.

— V'la la patronne, — dit-il.

On voyait en effet poindre au loin la silhouette
de la policière portant sa hotte, et qui était au moment de se croiser avec Verdier et Lartigues.

— Elle les reconnaîtra, c'est positif... — continua Galoubet... — Elle va nous appeler... Apprê-
tons nos jambes...

— Les miennes sont prêtes, — répliqua Sylvain
Cornu... — Mais j'ai dans ma folle idée que nous
n'en aurons pas besoin.

— Pourquoi ?

— Regarde... La patronne les croise... — Elle
les regarde... — Elle continue son chemin... —
Donc elle ne les a pas reconnus... — Si le nommé

Pierre Lartigues, surnommé le Frisé, était un de ces deux-là, elle ne l'aurait pas laissé passer comme ça sans lui dire un mot...

— C'est égal... — Faut la prévenir de ce que je crois...

— Parbleu !

Et les deux hommes marchèrent vivement à la rencontre de madame Rosier.

Lartigues et Verdier venaient de disparaître au coude que forme le chemin de halage en arrivant au bras de la Marne faisant mouvoir le moulin de Port-Créteil.

Galoubet et Sylvain Cornu coururent à la policière.

— Qu'y a-t-il? — demanda celle-ci, surprise de l'impétueuse allure de ses acolytes.

— Deux hommes viennent de se croiser avec vous... — fit Galoubet d'une voix essoufflée.

— Oui.

— Vous les avez regardés !

— Parfaitement...

— Mais vous ne les avez pas reconnus ?

— Non... — Je les connaissais donc ?

XIV

Galoubet reprit haleine et continua.

— Avez-vous fait attention au plus petit?

— Celui qui porte des lunettes? — demanda madame Rosier.

— Oui.

— Eh bien?

— Eh bien! celui-là doit être le faux curé, et son compagnon pourrait bien être le nommé Pierre Lartigues...

Aimée Joubert pâlit.

— Lartigues! — répéta-t-elle. — Misère de moi! Ce serait Lartigues! — J'aurais croisé Lartigues sans le reconnaître!... — C'est impossible!! — Vous avec la berlue!! — Vous êtes fous!! — Le

désir de vous distinguer par un coup d'éclat vous
tourne la tête et vous fait voir Lartigues partout ! !

— Je n'ose rien affirmer... — murmura Galoubet
du ton le plus humble. — J'ai dit qu'il me semblait,
voilà tout... — Je crois cependant qu'il serait prudent de filer ces deux particuliers...

— En cela vous avez raison... — — Que l'un de
vous coure sur leurs traces.

— J'y vais, et je ne les perdrai pas de vue, —
s'écria Galoubet.

Il s'élança.

Mais après avoir fait tout au plus dix pas, il s'arrêta court.

— Trop tard ! — reprit-il avec découragement,
— Ils passent de l'autre côté !

En même temps il montrait une barque qui avait
traversé déjà la moitié de la largeur de la Marne.

— Ils vont sans doute gagner le chemin de fer !
— dit madame Rosier. — Il faut les suivre à distance.

—En prenant beaucoup de précautions, — ajouta
Galoubet, — car si l'homme aux lunettes est le
faux curé, il doit m'avoir reconnu et ils sont sur
leurs gardes.

— Dans tous les cas, traversons la rivière au plus

vite... — commanda la policière. — Trouvez un bateau ! ! ! — Si Galoubet ne s'est pas trompé, et si nous arrivons à la gare avant le train, ils sont à nous pieds et poings liés !...

— Cabusson a des canots ! — s'écria Sylvain Cornu. — Je vais en chercher un.

Et il reprit à toute vitesse le chemin du cabaret.

Le Marseillais, fatigué d'avoir bu beaucoup et beaucoup parlé, dormait la face sur une table.

Sylvain s'adressa à la patronne, qui cherchait vainement à réveiller son mari en le secouant par les épaules.

— Une paire de rames, madame ! — lui dit-il, — je prends un de vos bateaux, je vous payerai pour la location le prix que vous voudrez...

Madame Cabusson répondit :

— Les rames et les gaffes sont dans le coin du jardin, sous le petit hangar... — Quant aux bateaux, ils ne sont point cadenassés... choisissez celui qui vous conviendra...

— Merci, madame...

Sylvain Cornu prit deux rames et courut à l'endroit où les embarcations étaient amarrées.

Madame Rosier et Galoubet s'y trouvaient déjà,

suivant des yeux la barque qui emmenait Lartigues et Verdier sur l'autre rive.

Cette barque s'engageait dans un des petits bras de la Marne qui, passant entre deux îles, allait droit au chemin conduisant à la gare.

— Ils vont aborder ! — s'écria la policière, — embarquons vite !

Et elle sauta dans le canot où Sylvain Cornu, ses avirons à la main, la suivit ainsi que Galoubet.

Ce dernier détacha l'amarre ; — en d'autres termes il détortilla la corde nouée négligemment autour d'un piquet enfoncé dans le terrain de la berge, et il poussa au large.

Sylvain savait ramer, mais dans l'endroit où il se trouvait la Marne, resserrée entre ses rives, avait un courant très fort.

Ce courant les entraînait en aval, malgré les efforts du canotier improvisé.

— Impossible de lutter ! — dit Aimée Joubert ! — Nous allons à la dérive !

—- C'est sans importance, pourvu que nous arrivions de l'autre côté... — répliqua Sylvain Cornu. — Une fois à terre, nous retrouverons un peu plus ou un peu moins loin le chemin de la gare.

Et il ramait toujours.

Les veines de son cou et de ses tempes se gonflaient.

Le bois des avirons craquait sous ses pesées.

Il se rapprochait de l'autre bord, mais le courant l'entraînait toujours.

En ce moment on entendit au loin les trépidations d'un convoi marchant à toute vapeur, et bientôt le sifflement de la machine annonça l'arrivée en gare.

— Le train! voici le train!... — fit madame Rosier les dents serrées. — Il va les emporter vers Paris, et nous ne saurons pas si Galoubet s'était trompé!...

— Non... — répliqua Sylvain, — Ils arriveront trop tard pour prendre celui-ci... Force leur sera d'attendre l'autre...

— S'ils ont reconnu Galoubet, ils se garderont bien de l'attendre! — Nous allons perdre leur trace... — Courage! courage!! — Encore un effort!

Sylvain Cornu se raidit et pesa sur ses rames avec un redoublement d'énergie.

Soudain retentit un bruit sec, et le rameur assis sur le *banc de nage* tomba brusquement à la renverse, la tête en bas, les jambes en haut.

Un des avirons venait de se briser à la hauteur du tolet.

La manœuvre devenait impossible.

— Ah! décidément le diable est pour eux! — fit Aimée Joubert d'une voix sourde. — Gagnons la rive... le courant nous emporte...

En effet, après avoir tourné sur lui-même au moment de la rupture de l'aviron, le bateau descendait rapidement la rivière.

Tandis que Sylvain, contusionné et étourdi, se relevait, Galoubet avait saisi la rame intacte, et cherchait à diriger l'embarcation vers une rive ou vers l'autre, mais il ne parvenait point à s'en rendre maître.

Le courant victorieux les emportait.

Déjà ils avaient dépassé la voûte du canal Saint-Maur et longeaient l'île du moulin.

La Marne, de plus en plus resserrée et par cela même redoublant d'impétuosité, les entraînait droit sur des rochers qui émergent près de l'embouchure du canal allant de Charenton à Grenelle.

Madame Rosier vit le péril à travers la brume du crépuscule naissant.

— Nous allons nous briser... — dit-elle à Galoubet qui répondit :

v.   8

— Je me charge d'éviter les roches. — Seul(
ment, gare au remous !...

On arrivait aux récifs.

Galoubet, s'arc-boutant sur son aviron, fit tou
ner le bateau qui présenta sa pointe au couran
fila comme une flèche entre les roches forma
une espèce de barrage, et tomba lourdement da
le remous dont les eaux bouillonnantes l'envah
rent.

A demi submergée la malheureuse embarcatio
se mit à pivoter, puis reprit sa marche singulièr
ment alourdie.

— Attention !... — cria Sylvain Cornu. — L
courant nous porte vers les saules que vous voy
là-bas... — Le *sabot* coulera d'un moment à l'a
tre... — Apprêtons-nous à saisir les branches aus
sitôt qu'elles seront à portée de nos mains.

Nos trois personnages se placèrent à l'avant d
bateau qui s'enfonçait de plus en plus sous le poi
de leurs corps, et semblait agité de soubresau
convulsifs ainsi qu'un reptile à l'agonie.

Soudain il embarqua un nouveau paquet d'é
cume et d'eau, se trouva plein jusqu'aux bords
sombra brusquement.

Madame Rosier avait-eu le temps et la présen(

d'esprit de se cramponner à une forte branche de saule ; elle se trouva suspendue, la moitié du corps plongée dans la Marne.

Gaboulet et Sylvain Cornu piquèrent une tête et disparurent un moment; mais bientôt ils émergèrent assez loin l'un de l'autre, soufflant l'eau par les narines comme des tritons ou comme des dauphins.

Tous les deux étaient bons nageurs, mais la rapidité du courant les déconcertait.

Leurs longues blouses de paysans, leurs gros souliers à lourdes semelles, gênaient en outre leurs mouvements, les paralysaient en quelque sorte.

— Oh ! eh ! Galoubet ! — cria Sylvain.

— Oh ! eh ! Sylvain ! — répondit Galoubet.

— Laissons-nous porter par le courant, mon wieux, ou nous serons *neyés* comme des petits chats... — De l'autre côté, en face de nous, je vois des joncs... — Il doit y avoir pied...

— Allons-y !...

Cinq minutes plus tard les deux hommes, épuisés, haletants, abordaient sur un îlot à moitié couvert d'eau, d'où l'on ne voyait point l'endroit où avait sombré l'embarcation.

— Ouf! — fit Sylvain, — nous l'avons échappé belle ! !

— Échappé à la noyade, — répliqua Galoubet, — mais je crains la fluxion de poitrine...

— Parce que tu as les pieds mouillés ?

— Dame ! oui...

— Laisse donc !... — C'est bon pour les femme-lettes, ces choses-là !... — Nous autres nous sommes bâtis à chaux et à sable. — A propos, et la pauvre madame Rosier ?

— Je l'ai vue s'agripper aux branches d'un saule...

— Oui, mais la branche a dû casser, car j'ai entendu la chute d'un corps... — Bien sûr que la bonne dame est à cette heure au fond de la Marne.

— Tout de même, si on avait su, je l'aurais priée de me donner son porte-monnaie avant de couler.

— Tu ne perds pas la boussole, toi, mon vieux ! — Mais assez causé... — Je grelotte... — Nous ne pouvons rester plus longtemps ici... — Gagnons le chemin de halage et galopons jusqu'à Charentonneau... Là nous absorberons un saladier de vin chaud pour nous refaire le torse, et nous trouverons à acheter des effets de rechange.

Sylvain Cornu venait d'examiner l'espace qui les séparait de la berge.

— Impossible de ne pas nous remettre à la nage... — dit-il, — seulement nous n'avons plus de courant, et en dix ou douze brasses nous serons sur le plancher des vaches. — Allons, en route!...

Et résolument il se remit à l'eau.

Galoubet le suivit.

XV

En une douzaine de brasses Sylvain Cornu et Galoubet atteignirent la rive en pente douce qui longe le chemin de halage.

Là ils se secouèrent comme des caniches qui sortent ruisselants de l'eau, et ils prirent en courant à toutes jambes le chemin de Maisons-Alfort.

Laissons-les courir et rejoignons madame Rosier que nous avons vue cramponnée à la branche du saule que faisait plier le poids de son corps.

Elle voulut s'enlever à la force des poignets, mais le saisissement qu'elle venait d'éprouver paralysait ses forces.

La violente et inutile secousse rompit la branche

qui lui servait de soutien. — Elle disparut sous l'eau en poussant un cri sourd.

Galoubet ne s'était point trompé.

Il avait bien entendu le corps d'Aimée Joubert tomber dans la Marne.

La policière reparut au bout d'un instant, se débattant contre le remous qui l'entraînait.

Sa tête avait porté sur un fragment de rocher. — Le sang ruisselait de son front et l'aveuglait.

De nouveau elle allait couler quand elle sentit sous sa main un objet flottant et le saisit avec cette énergie que l'instinct de la conservation donne aux gens qui se noient.

Cet objet était un des avirons du bateau disparu.

Il soutint madame Rosier qui, n'ayant plus à craindre d'être engloutie, s'abandonna sans résistance au courant.

Quelques minutes, longues comme des siècles, s'écoulèrent.

Tout à coup l'épave s'immobilisa.

Elle venait de s'accrocher à l'une de ces roches dont le lit de la Marne est semé dans cette partie de son cours.

Aimée Joubert jeta rapidement un coup d'œil autour d'elle, afin de juger la situation.

L'idée de la mort ne la préoccupait point.

Elle pensait à son fils, à Maurice qu'elle aimait de toute son âme, qu'elle voulait revoir encore, et cette pensée lui donnait la force de lutter pour son salut, car elle n'était point du tout sauvée.

D'un côté, elle vit la nappe d'eau puissante, coulant comme un torrent et pouvant d'un moment à l'autre la reprendre et l'entraîner ; de l'autre, et à une faible distance, le talus garni çà et là de broussailles dont les maigres rameaux trempaient dans la rivière.

— Si je pouvais atteindre ce coin de la berge, — pensa madame Rosier, — je me hisserais facilement sur le chemin, grâce à ces broussailles.

Mais entre elle et la berge il y avait un espace de près d'un mètre.

Elle grelottait. — Ses vêtements collés sur son corps glaçaient le sang de ses veines. — Ses dents claquaient.

—Appeler à mon aide, — se disait-elle, — à quoi bon? — La nuit arrive... — De ce côté tout est désert... — Avant qu'on vienne, — si même on vient, — j'aurais le temps de périr vingt fois. — L'épave qui me soutient peut se décrocher d'une seconde à l'autre, et le courant me reprendra... — Cepenpendant je veux vivre... vivre pour mon fils !... — Comment faire ? Mon Dieu, secourez-moi !...

Attendre que sa défaillance devînt complète, c'était se perdre infailliblement.

Madame Rosier, jouant le tout pour le tout, abandonna l'aviron et s'élança, les bras en avant, vers la berge.

Son corps un instant sorti de l'eau y retomba lourdement, mais ses mains avaient saisi une touffe de broussailles et s'y attachèrent comme les tentacules d'une pieuvre.

Elle se hissa le long du talus.

Ses pieds trouvèrent un point d'appui.

Grâce aux broussailles qui lui servirent en quelque sorte d'échelons, elle se hissa jusqu'au petit chemin tracé dans l'herbe et qui longe les bords de la Marne.

Là, avant même de reprendre haleine, elle s'agenouilla et remercia Dieu qui lui permettrait de revoir son fils...

Pauvre femme ! — Pauvre mère !!

Elle se releva ensuite, voulut marcher et fit quelques pas en chancelant.

Le sang coulait toujours de son front.

Son corps glacé tremblait de plus en plus.

Ses jambes fléchissaient.

L'unique résultat d'un dernier et suprême effort fut de hâter sa défaillance absolue.

Ses yeux se voilèrent.

Il lui sembla que le sol se dérobait sous ses pieds.

Elle battit l'air de ses deux bras et tomba sans connaissance.

*
* *

Lartigues et Verdier, comprenant que des agents de la police de sûreté opéraient des recherches à Port-Créteil, avaient quitté en toute hâte l'établissement du Marseillais Cabusson.

Nous les avons vus marchant à toute vitesse pour gagner le pont de Créteil afin de prendre l'avance sur Galoubet, en qui Verdier reconnaissait à merveille un des *Médecins de Molière* du bal de l'Opéra.

Tous les deux s'étaient croisés avec madame Rosier sans la remarquer.

Le déguisement de la policière en paysanne des environs de Paris ne pouvait éveiller leur attention et encore bien moins leurs soupçons.

Aimée Joubert, de son côté, n'avait vu en eux rien de suspect.

Au moment où les deux bandits venaient de disparaître aux yeux de Galoubet et de Sylvain Cornu, grâce au coude formé par le chemin de halage, Verdier aperçut, se disposant à passer la Marne en canot, le jardinier d'une propriété située sur le bord de la rivière.

— Suis-moi vite... — dit-il à Lartigues.

Le jardinier accrochait ses avirons aux tolets.

Il allait partir.

— Quarante sous si vous voulez nous passer, mon brave ! — lui cria Verdier, — Le pont est encore loin et nous manquerons le train.

— Montez... — répliqua le jardinier. — Je vous passerai et vous n'aurez pas besoin de me payer pour ça... — Il faut se venir en aide, quand on le peut, en ce bas monde...

Les deux hommes s'embarquèrent.

Le jardinier poussa son bateau dans le courant et se mit à ramer vigoureusement.

Pendant la traversée, Verdier et Lartigues causèrent de choses insignifiantes afin de ne point paraître préoccupés ou inquiets, mais Verdier avait les yeux braqués sur la rive du côté de l'établisse-

ment où ils venaient de laisser Galoubet et Sylvain
Cornu.

Au bout de quelques secondes il vit ces deux derniers apparaître et parler avec animation à l
femme vêtue en maraîchère des environs de Paris

Lartigues fut aussitôt fixé.

— C'est Aimée Joubert! — se dit-il. — Nous venons de l'échapper belle! — Par bonheur elle n
nous a pas reconnus...

Au moment où le bateau tournait dans le peti
bras de Marne accédant au sentier qui mène a
chemin de fer, Verdier aperçut la policière et se
deux acolytes montant dans le bateau du Marseil
lais Cabusson.

— Ils vont nous suivre... — pensa-t-il. — Ça n
leur servira pas à grand'chose... — Nous avons tro
d'avance... ils ne sont plus à craindre...

On venait d'aborder.

Lartigues mit une pièce de deux francs dans l
main du jardinier qui se récria.

— Je vous répète que vous ne me devez rien..
— dit-il... — Je ne me suis pas dérangé pour vous
puisque je viens chercher mes bourgeois qui doi-
vent arriver de la Varenne par le premier train...

— Bah! prenez tout de même... — Vous ne refuserez pas de boire à notre santé...

— Ça sera donc pour vous obéir...

Les deux hommes s'éloignèrent mais, au lieu de tourner à gauche du côté du chemin de fer, ils prirent sur la droite.

— On nous file.... — murmura Verdier.

— Pardieu! je le sais bien! — répliqua Lartigues.
— Comment faire?... — Il fallut absolument que je parle à l'envoyé de Boris Romanzoff.

— Tu lui parleras... — Voici la nuit... — L'heure du rendez-vous est arrivée... — Ton homme doit être là...

— Il y est certainement, mais si l'on nous rejoint...

— Aucun danger... — On va nous chercher du côté du chemin de fer et dans Saint-Maur-les-Fossés... — Nous dépisterons les policiers... — Je parierais ma tête contre un œuf dur qu'en ce moment ils courent à la gare.

— Mais qui donc nous poursuit? — demanda Lartigues.

— Les hommes de l'Opéra... et ton ancienne...

— Aimée Joubert... — Tu le crois comme moi?

— Ça ne fait pas l'ombre d'un doute...

v.   9

— Ah ! — dit Lartigues d'une voix sifflante, — la Marne pouvait l'engloutir !...

— Silence et marchons vite !...

Les deux complices hâtèrent le pas et arrivèrent en face d'un restaurant situé au bord de l'eau et ombragé par des tilleuls, restaurant très fréquenté pendant la belle saison par les canotiers, les promeneurs de dimanche et, les noces du petit commerce.

La nuit tombait.

Le gaz était allumé dans l'établissement.

Lartigues s'approcha d'une fenêtre, appuya son front sur le vitrage et, à travers l'entre-bâillement des rideaux, jeta un coup d'œil dans l'intérieur.

XVI

— Eh bien? — demanda Verdier qui avait vu son associé faire un geste de satisfaction.

— Il est là... — répondit Lartigues.

— Entre donc, qu'il te voie et qu'il sorte. — Nous n'avons pas de temps à perdre...

Lartigues entr'ouvrit la porte donnant accès dans la salle de billard.

L'homme qui était au rendez-vous, entendant cette porte s'ouvrir, tourna la tête et regarda.

Le nouveau venu lui fit un signe.

Aussitôt l'homme se leva, alla payer au comptoir sa consommation et rejoignit les deux complices.

Après l'échange d'une poignée de main, il entama avec Lartigues une conversation en langue russe.

— Quel est ton compagnon ? — demanda-t-il en désignant Verdier.

— Un ami sûr qui connaît tous mes secrets...

— Donc on peut se fier à lui?

— Absolument...

— Sait-il le russe?

— Non...

— Parlons français, alors, puisqu'il est inutile de lui cacher quelque chose...

Lartigues présenta Verdier au Russe, qui se nommait Nicolas Gol.

— Nous sommes trop près de la maison, — dit-il ensuite, — on va chercher notre piste... — Prendre le chemin de fer serait imprudent... — Nous retournerons par eau à Paris... — Venez avec moi, je connais les environs...

— Est-ce que vous êtes poursuivis? — demanda Nicolas Gol.

— Oui. — Un fâcheux hasard nous a fait rencontrer notre plus dangereuse ennemie... une femme que vous connaissez de longue date...

— Qui donc?

— Aimée Joubert...

— C'est en effet une redoutable adversaire... — Mais elle est dépistée?

— Pour le moment, oui, nous l'espérons bien.

Tout en causant, on était arrivé sur le bord de la Marne.

Une trentaine d'embarcations, canots et bateaux plats, appartenant les uns à des particuliers, les autres au restaurateur qui les mettait à la disposition de sa clientèle, étaient amarrés à la berge.

Près de cet embarcatère en miniature se trouvait un petit pavillon, dont on ouvrait la porte en appuyant sur une tête de clou.

Lartigues connaissait le secret peu compliqué de cette fermeture.

Il entra dans le pavillon, y prit une paire de rames, revint à Verdier et au Russe et leur dit en désignant un grand bateau qu'une simple corde retenait à un pieu :

— Embarquez là dedans... — Nous allons faire un bout de promenade et causer tranquillement.

— Savez-vous ramer? — demanda Nicolas Gol.

— Ne vous inquiétez de rien... — Je sais ramer, et je connais la Marne de ces côtés-ci comme le premier pêcheur ou le premier canotier venu...

On prit place dans le bateau, qui, poussé vigou
reusement, gagna le large...

— Maintenant, — dit Lartigues, — il ne s'agi
plus que de maintenir dans le chenal l'avant d
l'embarcation... — Causons donc à voix basse.

Et, joignant l'effet à la parole, il laissa filer à l
dérive le bateau sur la Marne que couvraient le
ombres de la nuit.

A peine si à droite et à gauche on entrevoyait le
berges.

Alors s'engagea le colloque suivant :

— Quand le comte Romanzoff a-t-il reçu m
lettre ? — demanda Lartigues.

— Il y a quinze jours, — répondit Nicolas Gol,
— et vous voyez qu'il n'a pas perdu de temps pour
m'envoyer près de vous... — Ainsi le comte Yvan
Kourawieff est à Paris ?

— Depuis le mois de décembre dernier, sous le
nom d'Yvan Smoïloff... — Je ne sais cela que depuis un mois et j'en ai avisé aussitôt Boris Romanzoff...

— Et le but d'Yvan Kourawieff, en venant à Paris,
est bien celui que vous avez signalé au comte mon
maître ?

— Oui... — Une circonstance impossible à pré-

voir l'ayant mis sur ma piste, il a suivi cette piste
depuis Saint-Pétersbourg... Son idée fixe est de me
rejoindre et de m'arracher par la violence, ou d'obtenir de moi à prix d'or, la preuve de la participa-
tion de Boris Romanzoff au meurtre de la comtesse
Kourawieff.

— Vous êtes certain de cela ?

— Oui.

— Silence ! — fit tout à coup Verdier. — J'entends un bruit de rames... — Il doit y avoir un bateau qui remonte...

— Eh bien ! — répliqua Lartigues. — Cachez-
vous... — Un homme seul ne paraît point suspect...

Verdier et le Russe s'affalèrent aussitôt sur le
plancher de la barque.

Lartigues se mit à ramer tout en chantonnant
un air d'opérette.

Verdier ne s'était pas trompé.

Un bateau remontait la Marne sous l'effort de
deux bras vigoureux.

Ce bateau apparaissait vague et confus dans les
ténèbres, comme une tache plus noire sur un fond
noir, mais, à mesure que diminuait la distance, il
devenait plus distinct.

Bientôt Lartigues aperçut au milieu de l'embarcation la silhouette d'un homme de haute taille, coiffé d'un chapeau galonné d'argent dont la forme bien connue lui donna le frisson.

— Un gendarme ! — murmura-t-il en sentant les gouttes d'une sueur froide mouiller ses tempes.

Les deux bateaux allaient se trouver bord à bord en se croisant.

D'un coup d'aviron Lartigues envoya le sien à une distance de deux à trois mètres.

Le gendarme, dont la silhouette se dessinait comme une grande ombre chinoise, s'écria :

— Oh ! oh ! on navigue tard, par ici !

— Oui, mon brigadier ; — répondit Lartigues d'une voix qu'il tâcha de rendre assurée, — je vais remiser près de l'écluse et ne me presse pas...

Flatté de s'entendre appeler *brigadier*, le simple gendarme reprit en riant :

— Vous n'allez point pêcher de nuit, surtout ?

— Aucun danger... Faudrait avoir le diable au corps pour taquiner le goujon par une nuit si noire. — On ne distingue pas sa main droite de sa main gauche.

— Bah ! il y a des particuliers qui ne se gênent guère pour jeter l'épervier...

— Grand bien leur fasse ! Je n'en suis pas...

— Bonsoir, mon brave...

— Bonsoir, brigadier...

Les deux barques filèrent dans deux directions opposées et se perdirent de vue au milieu des ténèbres.

— Nous en sommes quittes pour la peur... — pensa Lartigues. — C'est une ronde pour la pêche nocturne... — Du moment que les gendarmes sont à ce service, c'est qu'on ne les met point à nos trousses...

Verdier et le Russe se relevèrent.

— Ne crains-tu pas qu'on s'aperçoive de la disparition du bateau ?... — demanda Verdier.

— Si on s'en aperçoit ce soir, on ne se mettra à sa recherche que demain matin... — D'ailleurs le nœud était peu solide... — On pourra supposer que ce nœud s'est défait tout seul et que l'embarcation est partie au fil de l'eau... — Du reste, lorsque nous aurons dépassé le moulin de Gravelle, nous aborderons au coin du petit bras du canal. Nous pourrons causer, cachés dans les joncs, et nous gagnerons Charenton de notre pied léger en prenant du côté du petit Charentonneau par où nous sommes venus ce matin.

9.

Emporté par le courant, le bateau filait.

Bientôt le moulin de Gravelle fut dépassé.

Lartigues, en canotier habile, se tira sans encombre des roches où le canot s'était englouti dans le remous, puis il gagna le petit bras de Marne dont il avait parlé, petit bras couvert de joncs et de plantes aquatiques et dont l'entrée très étroite s'ouvre entre deux hautes berges.

— Arrêtons-nous ici... — dit l'adroit rameur, — on ne nous y dérangera pas. . — On évite le canal pendant la nuit...

Le temps était calme. — La lune émergeant à l'horizon, quoique voilée d'instant en instant par les nuages, rendait les ténèbres moins compactes.

Au moment où Lartigues attachait l'amarre au tronc d'un arbuste poussant à demi dans l'eau au bas de la berge escarpée, un frôlement d'herbes et de branchages se fit entendre au sommet de cette berge, mais si léger qu'aucun des trois hommes ne l'entendit.

Un corps se glissa en rampant comme un serpent sur le gazon couronnant la berge.

Deux mains écartèrent lentement, avec des précautions infinies, les feuillages naissants des arbustes.

Une tête se pencha vers le canal et deux yeux étranges, deux yeux de chat, brillèrent dans l'obscurité.

Si Lartigues par hasard avait levé la tête, il aurait certainement poussé un cri d'épouvante en voyant ces prunelles phosphorescentes qui, nos lecteurs n'ont aucune peine à le deviner, appartenaient à Aimée Joubert dont ils connaissent le surnom d'*Œil-de-Chat*.

Madame Rosier venait de sortir de son évanouissement, brisée, transie; mais, entendant un bruit, ses instincts de policière l'avaient poussée à prêter l'oreille et à s'oublier elle-même pour se préoccuper de ce qui pouvait se passer près d'elle.

Elle avait vu venir la barque conduite par Lartigues.

Un pressentiment l'avertit qu'elle allait se trouver en présence des gens qui, jusqu'à ce jour et jusqu'à cette heure, s'étaient dérobés au moment où elle croyait poser la main sur eux...

XVII

Quand le bateau s'arrêta juste au-dessous d'elle, Aimée Joubert eut peine à retenir un cri prêt à s'échapper de ses lèvres tremblantes.

Un pâle rayon de lune glissant entre deux nuages lui permettait de reconnaître les deux hommes que Galoubet supposait devoir être Pierre Lartigues et le faux abbé.

Elle retint son souffle, et se penchant le plus possible, soutenue sur les coudes, elle écouta.

— Hâtons-nous... — dit Nicolas Gol. — Mon intention est de partir demain matin, par le premier train ; j'ai donc peu de temps à rester...

— Je vous écoute, — répondit Lartigues.

En entendant ces mots, madame Rosier sentit son sang se glacer dans ses veines.

Le doute n'était plus possible.

Elle venait de reconnaître la voix !

— D'abord et avant tout, — reprit l'envoyé russe, — le comte Boris vous fait demander si vous êtes prêt à le servir encore comme deux fois vous l'avez servi ?

— Je suis prêt, et ma sincérité ne peut lui paraître douteuse, car nos intérêts sont les mêmes...

— Vous jurez de ne révéler jamais au comte Yvan Kourawieff le secret de la mort de sa mère ?

— Je le jure ! — D'ailleurs pour tout le monde, aussi bien que pour les juges qui me condamnaient à mort par contumace, j'étais le seul coupable...

— Il faudra quitter Paris sous trois jours.

— Cela, c'est impossible...

— Pourquoi ?

— J'ai ici des affaires importantes que je ne puis abandonner...

— Combien de temps vous retiendront-elles ?

— Un mois, au moins.

— Et si, avant la fin de ce mois, la police qui vous cherche vous saisit...

— Tant pis pour moi ! — Je risque le tout pour

le tout ! — L'enjeu est assez beau pour que je n'hésite pas.

— Soit, mais une fois vos affaires terminées ?...

— Je serai aux ordres de votre maître...

— Vous viendrez en Russie où le comte vous promet, à vous et à vos associés, un asile inviolable et sa protection puissante...

— Le lendemain du jour où j'aurai fini ce dont je m'occupe en ce moment, je partirai pour Saint-Pétersbourg...

— C'est bien...

— Je ne suppose pas que le comte Boris vous ait envoyé à moi dans le but unique de m'engager à partir pour la Russie... — Une lettre aurait suffi...

— En effet...

— Arrivez donc au but...

— Mon maître vous donnait trois jours parce que trois jours lui semblaient suffisants pour accomplir la tâche qu'il compte vous imposer... — Vous voulez tarder d'un mois, soit, mais qu'avant un mois la besogne soit faite...

— Quelle besogne ?

— Ne le devinez-vous pas ?

— Peut-être, mais je tiens à vous l'entendre dire...

— Eh bien ! il faut que le comte Yvan Kourawieff cesse d'être dangereux...

— On est dangereux tant qu'on est vivant... — Donc le comte Yvan Kourawieff doit mourir... — dit froidement Lartigues.

— Oui.

— Combien votre maître paye-t-il sa mort ?

— Deux cent mille francs.

Madame Rosier sentait une sueur glacée mouiller la racine de ses cheveux.

— Et je suis seule ici !... — pensait-elle. — Je suis blessée... Je suis impuissante !... — C'est le démon qui s'acharne après moi !... Mais ces misérables vont parler encore... — Un mot me révélera peut-être le secret de leur retraite...

Lartigues avait baissé la tête.

Il réfléchissait.

Une ou deux secondes s'écoulèrent.

— Vous ne répondez pas ?... — fit Nicolas Gol.

Verdier, depuis le commencement de l'entretien, avait écouté silencieusement.

Il jugea convenable d'intervenir.

— Voulez-vous me permettre de placer un mot ? — demanda-t-il.

— Certes !

— Eh bien, nous sommes poursuivis, traqués, vous le savez, par un ennemi acharné, une certaine Aimée Joubert, autrefois attachée à la personne de la comtesse Kourawieff et faisant aujourd'hui partie de la police...

— Pourquoi ne faites-vous pas disparaître cette femme?

— Ce serait fait déjà, parbleu!... Mais une considération toute particulière nous arrête...

Madame Rosier était tout oreilles.

Pas un mot ne lui échappait.

Mentalement elle répéta...

— *Une considération toute particulière...* — Laquelle?

Verdier poursuivit.

— Pour nous laisser notre entière liberté d'action vis-à-vis de cette femme, il faudrait qu'une *personne*, qu'il m'est interdit de désigner, ne puisse nous supposer les auteurs de la suppression d'Aimée Joubert...

— Est-ce difficile?...

— C'est presque impossible... — Malgré les précautions prises, cette personne resterait convaincue que Lartigues a frappé, et dans sa colère pourrait nous perdre... Ce serait donc échanger un

danger contre un autre... — Si je vous parle de
cela, c'est que nous mettrons certainement Aimée
Joubert sur nos traces si avant de quitter Paris
nous commettons un nouveau crime, et surtout un
crime inutile...

— Un crime inutile!! — fit Nicolas Gol étonné.

— Oui.

— Comment?

— Le comte Yvan ne peut absolument rien
contre votre maître s'il n'a point dans les mains les
preuves de la complicité du comte Boris dans l'as-
sinat de la comtesse Kourawieff...

— Et quand il l'aurait, cette preuve? — répliqua
l'envoyé russe. — A quoi lui servirait-elle, sinon
peut-être à provoquer un scandale, puisque la pres-
cription couvre les coupables... — Ce qu'il cherche
aujourd'hui c'est la preuve que son père est mort
condamné par Boris et exécuté par Lartigues... —
Avec cette preuve, et grâce à l'appui des amis qu'il
a près du trône, il perdrait mon maître... — Il faut
que la famille Kourawieff s'éteigne!

— Eh! — répondit Lartigues, — comment voulez-vous que j'atteigne ce jeune homme sur lequel
veille la préfecture de police? — Une tentative im-
prudente nous livrerait...

— Je comprends cela... mais lorsqu'on veut se débarrasser d'un ennemi il est d'autres moyens à employer qu'un coup de couteau ou que quelques gouttes de poison... — Il y a le chapitre des accidents, une chute malheureuse, un cheval emporté, un duel avec un adversaire de force supérieure...

— En effet, — dit Verdier, — tout cela me semble assez pratique... — Le duel principalement...

Nicolas Gol reprit :

— Si vous craignez de vous compromettre, la police étant à vos trousses, n'agissez pas vous-même, faites agir... — Il ne manque point dans Paris de gens aptes à toutes les besognes, et que vous pourrez employer...

— Ces gens existent, mais nous nous garderons bien de nous en servir.

— Pourquoi?

— Parce que les instruments payés sont bel et bien des complices, et que rien n'est plus gênant qu'un complice... — Non... non... point d'étrangers!... — Nous avons un homme à nous... Un homme qu'on ne peut soupçonner, et que je défie bien Aimée Joubert de livrer à la justice, quoi qu'il arrive...

Madame Rosier, stupéfaite, se demandait tout
bas :

— Que veut-il dire?... — Quel est cet homme
dont il parle ?

— Alors, — reprit Nicolas Gol, — l'affidé dont
vous êtes sûr agira?

— Oui, puisqu'il le faut...

— C'est lui qui touchera la somme promise?...

— Cette somme entrera dans notre caisse. — Il
en touchera sa part...

L'envoyé russe sortit de sa poche un portefeuille.

Dans ce portefeuille, il prit un papier qu'il tendit
à Lartigues.

— Voici, — dit-il, — un chèque de cent mille
francs sur la maison Rothschild, payable à vue et
au porteur... — Vous toucherez les autres cent
mille francs en arrivant à Saint-Pétersbourg avec
vos associés.

Aimée Joubert frissonna de joie.

— Je vous tiens, misérables ! — pensa-t-elle. —
Allez toucher chez Rothschild!... — Je serai là !...

Si faible qu'eût été le mouvement involontaire de
madame Rosier, ce mouvement suffit à détacher
de la berge un caillou qui tomba dans l'eau.

La policière l'entendit et trembla de tout son corps.

Verdier, surpris par ce bruit inattendu, prêtait l'oreille.

Madame Rosier comprit qu'elle allait être découverte et voulut se lever pour fuir.

— Il y a quelqu'un tout près... — fit Verdier d'une voix sourde, — quelqu'un qui nous écoute...

— En êtes-vous sûr ?... — demanda l'envoyé russe.

— Silence !... — commanda Lartigues.

Aimée Joubert se trouvait en proie à une terreur indicible.

Les infâmes qu'elle poursuivait étaient à deux pas d'elle.

Le lendemain il lui serait facile de les faire arrêter chez le banquier ; mais en ce moment rien ne les empêcherait de la tuer si l'idée leur venait de gravir la berge.

Elle s'était dressée, mais l'épouvante la paralysait.

Pour la seconde fois des feux follets passèrent devant ses yeux ; son cerveau s'emplit de bourdonnements.

Elle sentit le froid de la mort courir dans ses veines.

Elle essaya de marcher ; — le sol se déroba sous ses pieds. — Elle s'abattit en poussant un gémissement inarticulé, — et de nouveau perdit connaissance.

— Avez-vous entendu ? — murmura Verdier.

— Oui, — répondit Nicolas Gol, — un pas sourd, une plainte étouffée et la chute d'un corps.

— Il doit se passer là-haut quelque chose d'étrange... — ajouta Lartigues.

— Quoi ?

— Nous allons le savoir... — Escaladons la berge et nous aurons le mot de l'énigme...

XVIII

Les trois hommes gravirent le talus et furent bientôt sur le pré qui longeait la Marne.

Quoiqu'un nuage noir cachant la lune épaissît les ténèbres autour d'eux, un coup d'œil circulaire leur prouva qu'ils étaient bien seuls.

— Et cependant j'ai entendu marcher... — dit Verdier.

— Moi aussi, — ajouta l'envoyé du comte Boris Romanzoff.

Tout à coup Lartigues étouffa une exclamation, et son bras étendu désigna une masse sombre, gisant dans l'herbe à quelques pas.

Ils s'approchèrent de cette masse.

— Une femme! — poursuivit Lartigues. — Une femme évanouie...

Verdier toucha les mains de madame Rosier, puis il chercha la place du cœur.

— Les mains sont glacées, — fit-il, — le cœur ne bat plus... — Les vêtements sont trempés... — Cette femme est morte.

Lartigues s'était baissé pour regarder la figure.

A cette minute précise, le nuage qui voilait la lune disparut et jeta une lueur blanche sur le corps et sur les trois hommes.

Malgré le sang qui cachait une partie du visage de la policière, Lartigues se releva brusquement avec un geste d'effroi.

— Qu'y a-t-il ?... — demanda Verdier effaré. — Tu la connais?

— Si je la connais ! ! — Mais c'est elle! Aimée Joubert !

— La moucharde ?...

— Oui, la moucharde ! — Notre plus dangereuse, ou plutôt notre seule dangereuse ennemie...

— Le diable s'est mis dans notre jeu ! ! — fit Verdier en se frottant les mains. — Elle est morte assassinée, et Maurice ne pourra nous accuser de sa mort ! ! — Allons-nous la laisser là ?

— Non, poussons-la dans la Marne.

Ces paroles étaient à peine prononcées quand un bruit de voix frappa les trois misérables.

Ils écoutèrent, anxieux.

Plusieurs personnes venant de Gravelle marchaient dans leur direction en suivant la berge.

— Vivement et à la muette!... — dit Lartigues. — Prends les pieds, moi je prends la tête ; — nous la poserons au bord du talus et nous la laisserons rouler dans l'eau tout doucement...

Les deux hommes soulevèrent le corps et le placèrent en équilibre sur la crête de la haute berge.

Lartigues ensuite le poussant du pied, il disparut dans l'ombre avec un bruit sourd.

— En route, maintenant!... — Le diable a travaillé pour nous!...

Les trois hommes s'éloignèrent rapidement.

Vers minuit, ils rentraient chacun dans leur logis.

Lartigues avait promis de nouveau à l'envoyé du comte Boris qu'avant un mois Yvan Kourawieff n'existerait plus.

*
* *

Le lendemain de cette soirée sinistre le soleil s'était levé radieux, promettant une belle journée aux promeneurs du dimanche.

Simone, heureuse de penser qu'elle allait voir ceux qu'elle aimait, s'était levée et habillée de bonne heure pour ses visites.

C'est à l'hôtel de la rue de Verneuil qu'elle comptait se rendre d'abord.

A neuf heures et demie elle se présenta au cabinet de madame Dubief.

La directrice du pensionnat lui remit une lettre pour son ancienne élève, et elle partit.

Onze heures allaient sonner au moment où elle arriva rue de Verneuil.

Elle s'adressa au concierge.

— Mademoiselle Bressolles est-elle visible ? — lui demanda-t-elle.

Le concierge répondit par cette question :

— Est-ce vous, mademoiselle, qui êtes la lingère du pensionnat de madame Dubief?

— Oui, monsieur, c'est moi...

— Alors vous pouvez entrer... — Mademoiselle

v.   10

Marie vous attend. — Elle m'a fait prévenir que vous viendriez aujourd'hui.

— Merci, monsieur.

Simone, toute joyeuse de se savoir attendue, traversa la cour et arriva au vestibule où se trouvait un valet de chambre.

Là, elle répéta la même demande, dut répondre à la même question, et le domestique appela une femme de chambre qui se chargea de l'introduire.

Marie Bressolles était seule.

Sa gaieté factice de la veille avait disparu.

Assise auprès d'une fenêtre, selon sa coutume, elle abandonnait son esprit à de sombres rêveries.

En entendant frapper elle tressaillit.

— Entrez, — dit-elle.

La porte s'ouvrit.

Simone était sur le seuil, émue et souriante.

Un fugitif éclair de joie brilla dans les prunelles de Marie.

— Simone! — s'écria-t-elle. — Ah! que je suis contente de vous voir!! — Venez bien vite m'embrasser...

Simone ne répondait pas.

L'expression souriante de son visage était devenue tout à coup profondément douloureuse.

Ses yeux se remplissaient de grosses larmes...

Marie, étonnée d'abord, devina presque aussitôt.

— Ah! oui, — dit-elle d'un ton mélancolique, — je comprends, ma pauvre Simone! Vous ne vous attendiez pas à un tel changement... — Vous êtes épouvantée des ravages que la maladie a faits en moi... — J'ai beaucoup souffert, Simone, et je souffre beaucoup encore... Peut-être que je ne guérirai pas...

Et l'enfant, qui s'était soulevée pour tendre la main à la visiteuse, retomba sur son siège.

— Oh! mademoiselle! mademoiselle!... — s'écria Simone et courant à Marie, en la prenant dans ses bras et en couvrant ses joues de baisers.

— Ne dites pas ces vilaines choses-là!... — Non je ne suis point effrayée... non mes larmes ne sont point des larmes de tristesse, mais des larmes de joie... la joie de vous revoir et de vous dire que je vous aime!... — Si vous saviez comme je pensais à vous! comme j'aurais voulu être près de vous pour vous veiller pendant vos nuits de souffrance... pour vous soigner...

— Chère Simone, vous avez un cœur d'or...

— J'ai un cœur qui sait aimer, voilà tout! — répliqua la jeune fille. — Certes vous avez bien

souffert, et cela se voit ; — vos traits sont amaigris,
votre visage est encore un peu pâle, mais sous
cette pâleur, sous cet amaigrissement, on devine
le retour à la vie et la convalescence prochaine...

— Êtes-vous sincère ? — demanda Marie.

— Ah ! je vous le jure ! — Rappelez vos souvenirs, mademoiselle... — Quand vous m'avez rencontrée dans l'atelier de M. Gabriel Servet, j'étais
plus souffrante, plus épuisée par la maladie, que
vous ne l'avez jamais été... — J'avais encore un
pied sur le bord de la fosse... — Regardez-moi
maintenant... — Retrouvez-vous sur mon visage
ces traces qui semblaient devoir être indélébiles ?...
— C'est vous, mademoiselle, c'est monsieur votre
père, ce sont messieurs Gabriel Servet et Albert de
Gibray, qui m'avez sauvée... et en me sauvant, vous
accomplissiez presque un miracle ! ! — Vous voyez
bien qu'il ne faut jamais désespérer de rien ?... —
Dieu est bon ! !

Marie, en entendant prononcer le nom d'Albert
de Gibray, serra la main de Simone qui venait de
s'asseoir à côté d'elle.

— Vous êtes venue plusieurs fois me demander ?... — dit-elle.

— Deux fois, mademoiselle, mais la consigne

donnée par le médecin était absolue. — On fermait votre porte à tous les visiteurs...

— Oui... Dans ce moment-là je ne quittais pas mon lit et je crois que j'étais en grand danger... — Avez-vous revu M. Servet ?

— Non... depuis longtemps...

— Vous ignorez alors la maladie de M. Albert de Gibray ?...

Le trouble de Marie, en faisant cette question, n'échappa pas à la jeune lingère.

— Je sais que M. de Gibray a été très souffrant... — répondit-elle ; — il avait eu l'épaule démise en faisant une chute sur la glace, à Vincennes, chute à laquelle vous avez dû la vie, mademoiselle, m'a dit M. Servet.

— Oh ! — balbutia Marie avec une émotion croissante, — c'était peu de chose alors. — Depuis cette époque le mal a changé de nature, ou plutôt une autre maladie s'est déclarée... maladie dangereuse... maladie mortelle... — M. Albert a été condamné par les médecins..:

— Condamné ! — répéta la lingère avec effarement.

— Oui, — bégaya mademoiselle Bressolles dont

10.

les larmes jaillirent, — condamné ! et il mourra peut-être sans que je l'aie revu...

— Ah ! — fit Simone en pleurant aussi, — je comprends tout.

— Que comprenez-vous ?...

— La cause de cette maladie à laquelle vous vous abandonnez sans presque vouloir guérir... — Quand vous pensez que la mort de M. de Gibray est proche, vous ne tenez pas à la vie...

— Est-ce que je puis vivre s'il meurt ?... — s'écria Marie au milieu de ses sanglots.

— Oui, mademoiselle, vous pouvez vivre, vous devez vivre, quoi qu'il arrive ! — répliqua fermement Simone.

— Et pourquoi ?

— Parce que vous avez auprès de vous un père qui vous aime, qui vous adore... une mère que votre mort tuerait peut-être... — Dieu ne soutient pas ceux qui s'abandonnent au désespoir... — Gardez à tout jamais dans votre âme le souvenir de M. de Gibray, je le comprends ; mais souvenez-vous, mademoiselle, que le suicide moral est un crime, et qu'en n'opposant aucune résistance à la maladie, on se tue aussi sûrement qu'avec un réchaud de charbon ou paquet d'arsenic...

XIX

— Que voulez-vous, Simone !... — murmura
Marie Bressolles après un silence. — Vous avez
raison, je le sens bien, mais je ne puis éloigner de
mon esprit la pensée d'Albert... — S'il est mourant, c'est pour avoir voulu me sauver deux fois...
Je sens qu'avec lui ma vie s'en va... — Je vois
pleurer mon père, je me dis que je suis égoïste et
cruelle... Je cherche à vaincre mes souffrances, à
cacher mes douleurs, pour lui éviter des larmes...
— Un instant j'y parviens, puis tout à coup je
retombe dans mon désespoir... — C'est insensé !...
Je me le dis... Je me le répète, mais tous mes rai-
sonnements tombent devant cette idée fixe que, si
Albert meurt, je dois mourir.

— Vous ferez un effort de volonté, mademoiselle, un effort de courage, — répondit vivement Simone, — et vous triompherez de votre désespoir...

— C'est impossible !...

— A qui sait vouloir, rien n'est impossible... — Et d'ailleurs avez-vous la preuve que M. de Gibray va mourir ?...

— Les médecins l'affirment...

— Les médecins se trompent souvent... — Ils m'ont condamnée, moi aussi, et je suis guérie !.. — A l'âge de M. de Gibray, la jeunesse est souvent victorieuse du mal... — Les dernières nouvelles qui vous sont arrivées étaient-elles récentes ?

— Depuis huit jours, je ne sais rien...

— Huit jours ! — En une semaine tout peut changer.

— Vous m'aimez, n'est-ce pas Simone ?...

— Oh ! de toute mon âme, mademoiselle, et comme si vous étiez ma sœur...

— Si je vous demandais de faire quelque chose pour moi, vous le feriez ?

— Sans hésiter, et je serais trop heureuse de vous être utile...

— Je pensais bien que vous viendriez aujour-

d'hui... j'en étais presque sûre, et en prévision de
votre visite j'ai écrit quelques lignes...

Marie s'interrompit.

— Quelques lignes ?...

— Oui.

— A qui ?

— A M. Albert de Gibray... — J'ai peut-être eu
tort, mais l'état de souffrance dans lequel je me
trouve est mon excuse... — Il me semble que je me
sentirai plus de force pour me laisser vivre lorsque
j'aurai la certitude qu'Albert recevra ma lettre.:.
— Voulez-vous porter cette lettre, Simone ?...

— A M. de Gibray ?

— Non, à M. Servet, en le priant de la remettre
lui-même à son élève...

— Oui, mademoiselle, je la porterai, et j'ai la
certitude que je ne serai point coupable en vous
rendant le service que vous attendez de moi...

Marie tira de la poche de sa robe un carnet, et
prit dans ce carnet une enveloppe non cachetée.

— Avant de vous donner ma lettre, — dit-elle
ensuite, — je veux vous la lire...

— Mais, mademoiselle... — fit Simone hésitante
et confuse...

— J'y tiens... C'est un caprice de malade...et

puis, par l'effet qu'elle produira sur vous, je jugerai de l'impression qu'elle doit produire sur Albert.

Et mademoiselle Bressolles, tirant de l'enveloppe une feuille qu'elle déplia, lut à haute voix :

« Mon ami,

» Comme vous, je suis frappée et je souffre ; » mais si le corps est atteint, l'âme et le cœur le » sont plus encore.

» La maladie nous a séparés, la mort nous réuni- » rait... — si je ne dois plus vous revoir ici-bas, » je voudrais mourir; mais j'ai mon père, que » j'aime et qui m'adore, mon père qui comprend » que les blessures de mon cœur sont plus dange- » reuses pour ma vie que la blessure de mon corps... » Ma mort le tuerait... — Si vous devez vivre, je » vivrai... — Si vous devez quitter le monde où » nous sommes, je vous suivrai... — J'attends » votre réponse, qui sera le mot de ma destinée.

» MARIE. »

Simone pleurait en écoutant les lignes que nous venons de reproduire, mais elle ne pouvait s'empêcher de penser tout bas :

— Pauvre enfant... son amour trouble sa raison !

Quand mademoiselle Bressolles eut achevé sa lecture, elle replia la feuille et la glissa dans l'enve-
oppe, qu'elle tendit à Simone en lui disant :

— Voici la lettre...

La jeune fille la prit et répondit :

— Je la donnerai à M. Servet en le priant de la
remettre à M. Albert de Gibray.

Elle allait fermer l'enveloppe à la gomme.

— Laissez-la ouverte... — fit vivement Marie.

— Pourquoi?

— Je veux que M. Servet la lise... — Je veux
qu'il sache de quoi il se charge...

Simone allait répondre.

Elle n'en eut pas le temps.

On frappait à la porte.

Sur un signe de Marie, la jeune lingère cacha la
lettre dans son corsage.

— Entrez... — dit la malade.

La porte s'ouvrit et M. Bressolles fit son apparition en compagnie du docteur.

— C'est vous, mon enfant? — fit avec bienveillance l'ex-architecte en reconnaissant Simone qui
le saluait. — Je suis enchanté de vous voir et surtout de vous trouver aussi bonne mine... — Vous
êtes tout à fait bien portante maintenant?

— Tout à fait, oui, monsieur...

— Vous vous trouvez heureuse chez madame Dubief ?...

— Plus heureuse que je ne saurais l'exprimer... et c'est à vous, monsieur, et à mademoiselle votre fille, que je dois mon bonheur... — Je suis venue deux fois déjà pour témoigner ma reconnaissance à mademoiselle Marie, mais M. le docteur avait défendu toute visite....

— Vous pouvez venir maintenant autant qu'il vous plaira, mademoiselle, — répliqua le médecin. — Je recommande les distractions à notre chère convalescente.

— Si j'étais libre je serais toujours ici... — balbutia Simone. — Je ne m'appartiens pas ; mais, puisqu'on veut bien me le permettre, je viendrai le plus souvent possible. — Adieu, mademoiselle...

— Non, pas adieu, Simone, au revoir !... à bientôt !...

— Oui... à bientôt !...

— Embrassez-moi, mon amie...

La lingère, toute rougissante, embrassa Marie, et se préparait à sortir en s'inclinant devant le docteur et l'ex-architecte.

— Mon enfant, — lui dit ce dernier, — madame

Bressolles sera, j'en suis sûr, enchantée de vous voir, sachant que Marie éprouve pour vous le plus vif intérêt... — Vous ferez bien d'aller la saluer au passage... — Vous la trouverez au grand salon où elle cause avec M. Maurice Vasseur...

— J'y vais, monsieur.

Simone se souciait médiocrement d'affronter la présence de cette belle et hautaine personne qui l'avait si dédaigneusement traitée lors de sa première visite à l'hôtel de la rue de Verneuil mais, obéissante avant tout, elle ne pouvait se soustraire à une démarche jugée convenable par le maître du logis.

Elle descendit l'escalier et se trouva dans un vestibule dont l'une des portes donnait sur le grand salon.

La jeune fille ouvrit cette porte.

Le salon était vide.

En ce moment le valet de chambre qui avait introduit Simone traversa le vestibule.

— Vous cherchez la sortie, mademoiselle? — demanda-t-il.

— Non, monsieur... Je cherche madame Bressolles afin de lui présenter mes respects... —

M. Bressolles m'a dit que je la trouverais au grand
salon...

— Madame y était tout à l'heure, en effet... —
Elle s'est dirigée vers la serre avec M. Vasseur...
— Voulez-vous, mademoiselle, que je vous con-
duise?

— Oh ! non, monsieur... j'aurais peur d'être indiscrète... — Je reviendrai dimanche et je solli-
terai l'honneur de saluer madame Bressolles...

Puis , sans attendre la réponse du valet de
chambre, la fille de Valentine d'Harville quitta pré-
cipitamment l'hôtel.

Cinq minutes plus tôt elle se serait trouvée en
présence de Maurice Vasseur qui la cherchait, —
nous savons dans quel but.

Maurice causait avec madame Bressolles dans
la serre où ils s'étaient retirés pour se mettre à
l'abri des oreilles indiscrètes.

Valentine, la veille, avait dit au jeune homme
d'un ton particulier :

— Venez demain de bonne heure...

Le fils d'Aimée Joubert, sachant bien que *souvent
femme varie*, tenait pour certain qu'il allait avoir
une explication très vive avec sa maîtresse au sujet
de Marie.

En effet, aussitôt arrivés dans la serre, l'infernale
créature, mordue par l'inquiétude et par la jalousie
au viscère qui lui tenait lieu de cœur, et qui de
toutes les passions humaines ne connaissait que les
mauvaises, entama l'entretien nettement, brutale-
ment.

— Vous allez, Maurice, — dit-elle, — me donner
le mot de l'énigme qui a été posée devant moi hier
par le docteur Dufresnes...

— A quel propos?

— A propos du consentement probable, certain
même, affirme le docteur, qu'on obtiendra de
vous...

— Et, s'il vous plaît, — fit le jeune homme en
souriant, — à quoi dois-je consentir de si bonne
grâce?

— A épouser ma fille, vous le savez bien!

— Mais, ma chère Valentine, — répliqua Maurice
du ton le plus calme, — il n'y a pas là d'énigme,
ce me semble... — Tout vous a été expliqué, et en
acceptant ce mariage je ne fais que vous obéir...

— Maurice, vous raillez! — dit madame Bressolles avec colère.

— Je vous jure que je n'en ai nulle envie, et
pour que vous en soyez certaine je vous prie de

vous rappeler une conversation que nous avons eue, ici même, avant l'incident de la vipère...

— Je n'ai rien oublié... Je me souviens à merveille du projet que j'avais conçu... — Je sacrifiais alors ma jalousie à la crainte de voir Albert de Gibray s'obstiner dans son amour pour Marie, et son père, le magistrat inflexible, ne point reculer devant le scandale pour rendre impossible toute union entre Albert et ma fille...

— Alors ! pourquoi vous étonner aujourd'hui ?... Pourquoi vous irriter surtout à la pensée du mariage que vous rêviez jadis ?

— Parce que ce mariage est inutile désormais...

— Comment ?

— Je n'ai plus rien à craindre puisque Albert de Gibray se meurt...

XX

Maurice cherchait une réponse.

Valentine ne lui laissa pas le temps de la trouver.

— Oui, c'est vrai; — poursuivit-elle, — tremblant de te perdre puisqu'un scandale nous aurait séparés, j'ai voulu ce mariage... aujourd'hui je ne le veux plus !

— Albert de Gibray peut guérir... — Vos craintes renaîtraient alors et, si Marie revenait à la santé, il serait trop tard... — C'est l'épée de Damoclès !...

Madame Bressolles secoua la tête.

— Marie ne peut vivre... — dit-elle. — Malgré tous les efforts du docteur, elle s'éteint visiblement...

— Elle suivra dans la tombe Albert de Gibray qu'elle aime...

— Soit ! — Eh ! bien qu'arriverait-il si Marie venait à mourir sans que je sois son mari ?... — Y avez-vous pensé ? — Ce serait pour notre amour un événement désastreux !...

— Je ne comprends pas...

— C'est pourtant bien simple... — Ma présence continuelle auprès de vous deviendrait inexplicable, et par conséquent n'aurait plus de raison d'être... — Mes assiduités ouvriraient tous les yeux sur notre mutuelle tendresse et éveilleraient les soupçons de M. Bressolles, persuadé à cette heure comme tout le monde que le désir d'épouser Marie fait de moi l'hôte assidu de cette maison... — Donc il faudrait cesser de nous voir... ici du moins... — Que Marie, au contraire, s'éteigne étant ma femme, je suis de la famille, je reste auprès de vous et personne ne peut s'en étonner...

Ce raisonnement infâme était d'une logique inattaquable.

— Comprenez-vous, maintenant, — ajouta Maurice, — comprenez-vous à quel point je suis dans le vrai ?

Valentine ne répondit pas, mais il était facile de

voir à sa physionomie que le jeune homme avait su la convaincre et qu'elle ne s'opposerait plus au mariage...

— Voici l'heure du déjeuner... — dit-elle — retournons au salon...

M. Bressolles et le docteur les y rejoignirent presque aussitôt.

— Marie ne descend-elle pas? — demanda Valentine.

— Dans cinq minutes... — répliqua l'ex-architecte... — Je vous annonce ma chère, que notre ami Dufresnes veut bien nous faire le plaisir de déjeuner avec nous.

— Docteur, vous êtes un homme charmant!! — Avez-vous parlé à Marie de votre projet ?...

— Pas encore, chère madame... — Laissez-moi choisir le moment favorable...

— Eh! bien! moi, — dit Valentine — j'ai parlé à M. Maurice...

L'ex-architecte et le médecin regardèrent le jeune homme qui semblait en proie à un trouble violent.

— Vous avez eu tort... — fit M. Bressolles.

— Pourquoi?

— Nous ne pouvons violenter le cœur de notre fille, et si elle refusait ce mariage...

— Je souffrirais sans me plaindre, monsieur, — interrompit Maurice avec une émotion feinte. — Je saurais me résigner, mais l'amour est communicatif, et le mien est si grand que j'espère me faire aimer...

Au moment où le jeune homme prononçait ces derniers mots, Marie franchissait le seuil du salon.

— De qui voulez-vous vous faire aimer, monsieur Maurice ? — demanda-t-elle sans attacher d'importance à sa question.

— De vous, mademoiselle... — répondit en s'inclinant le fils d'Aimée Joubert.

La jeune fille lui tendit la main.

— Mais c'est déjà fait, — répliqua-t-elle. — Vous êtes mon ami... je vous aime beaucoup...

Le docteur et M. Bressolles échangèrent un rapide coup d'œil qui signifiait : — *Tout va bien !*

Le valet de chambre vint annoncer que le déjeuner était servi.

*
* *

Gabriel Servet, en rentrant chez lui, avait trouvé la carte du comte Yvan.

Il connaissait le jeune Russe pour l'avoir rencontré deux ou trois fois chez M. de Gibray.

— Ce monsieur reviendra demain, — dit le domestique.

— Je serai heureux de le voir, — pensa Gabriel,
— car il m'apportera certainement des nouvelles
d'Albert.

Il était dix heures du matin, le lendemain, lorsque le comte Yvan entra dans l'atelier.

L'artiste le reçut avec un empressement tout
amical.

— A quoi dois-je le plaisir de votre double visite ?
— demanda-t-il en lui serrant la main.

— Je viens vous trouver de la part de notre ami
commun, Albert de Gibray... Il m'a chargé de vous
présenter de sa part une requête...

— Elle est accordée d'avance mais, avant de
m'expliquer de quoi il s'agit, donnez-moi des nouvelles de ce cher enfant...

— Son état est le même... — Il se manifeste en
ce moment chez lui un véritable temps d'arrêt de
la maladie... — Les médecins se demandent avec
inquiétude si le changement qui succédera à cette
sorte de *statu quo* conduira le malade vers la guérison ou vers la mort... — Dieu veuille que ce soit
vers la guérison ! ! — Mais j'ai hâte d'arriver au

sujet qui m'amène... — Vous savez qu'Albert a dans le cœur un grand amour...

— Oui, pour une charmante jeune fille qu'il a rencontrée ici même, dans mon atelier...

— Eh bien ! ce lui serait une immense consolation, au milieu de ses souffrances, que d'avoir auprès de lui sans cesse le portrait de mademoiselle Bressolles...

— Je comprends... — Vous venez me demander une réduction du portrait commencé il y a quelques semaines, et interrompu par la maladie de la jeune fille...

Yvan Smoïloff expliqua qu'Albert désirait une simple miniature, un médaillon qu'il pût tout à son aise appuyer contre ses lèvres et presser sur son cœur...

— Une miniature ne s'improvise pas... — répondit Gabriel Servet. — Il me faudra plusieurs jours de travail...

— L'impatience d'Albert est extrême...

— Eh bien, il existe un moyen de la satisfaire sur-le-champ.

— Quel est-il ?

— J'ai ici une épreuve photographique très réussie de mademoiselle Bressolles qui me l'a

donnée pour me permettre de m'occuper du portrait en son absence... — Je vais vous la remettre
pour Albert... — Il la trouvera plus précieuse que
toutes les miniatures de la terre, puisque c'est la re-
production quasi vivante de l'objet aimé.

Gabriel Servet fouilla dans un meuble et ajouta :

— Voici cette photographie...

En même temps il tendait au comte un portrait-
carte.

Le jeune Russe, après l'avoir examiné, s'écria :

— Positivement cette jeune fille est adorable !

— Adorable, en effet c'est bien le mot ! — Son
âme charmante et son cœur angélique se reflètent
sur ses traits si doux ! — Certes elle ferait le bonheur d'Albert...

— Pourquoi donc M. de Gibray le père semble-
t-il s'opposer à un mariage convenable sous tous
les rapports ?...

— A cette question je ne pourrais répondre... —
Il y a là quelque chose d'obscur, d'inexplicable...
— Je soupçonne un mystère dans le passé du
juge d'instruction... Un secret de famille... Bref,
j'entrevois une énigme dont nous ne saurons peut-
être jamais le mot. — Si j'étais à la place de M. de
Gibray, Albert aurait depuis longtemps déjà épousé

Marie Bressolles... — Rien de ce qui arrive ne serait arrivé... — J'aurais un fils vivant et joyeux,
au lieu d'un fils à demi mort...

Un tel résultat valait assurément la peine de s'en
préoccuper.

L'entretien fut interrompu par un bruit de son-
nette retentissant dans l'atelier.

On venait d'ouvrir la porte du rez-de-chaussée.

— Qu'est-ce que cela? — demanda le Russe.

— Une visite qui m'arrive... — répondit Gabriel
Servet.

Le comte se leva.

— Je vous quitte, — fit-il en serrant la photographie dans son portefeuille.

— Restez donc... — Vous ne pouvez me gêner...
— Je n'ai de secret d'aucun genre.

On frappa discrètement à la porte de l'atelier.

— Entrez! — cria l'artiste.

La porte s'ouvrit.

Simone, toute rose d'émotion, était debout sur
le seuil.

Gabriel Servet poussa une exclamation de joie.

Il alla vivement à la jeune fille, la prit par les
mains et l'amena au milieu de l'atelier en s'é-
criant :

— Simone!!! En croirais-je mes yeux!!! — Simone fraîche comme le printemps et potelée comme une petite caille!!! — Simone! chère Simone! que je suis heureux de vous voir ainsi!!

Puis le peintre, avec une familiarité toute fraternelle, embrassa sur les deux joues la nouvelle venue, dont les yeux devinrent humides sous le coup du grand attendrissement qui s'emparait d'elle.

— Moi aussi, monsieur Servet, je suis bien heureuse... — murmura la jeune fille d'une voix un peu tremblante. — J'étais venue déjà...

— Je le sais, chère enfant, on me l'a dit... — Je ne vous accusais pas, croyez-le bien, d'avoir oublié votre ami...

— Vous oublier, monsieur Servet!!! Est-ce que ce serait possible!...

— Non, quand on a, comme vous, un cœur d'or!... — Mais laissez-moi vous regardez encore!... — Je ne m'en lasse pas!...

Gabriel Servet se tourna vers Yvan Smoïloff et poursuivit :

— Vous voyez mademoiselle, cher comte ?

— Oui, et avec grand plaisir, je vous assure...— répliqua le Russe en souriant.

— Eh bien, si vous l'aviez vue il y a trois mois,

je vous affirme qu'il vous serait impossible de la reconnaître... — Figurez-vous qu'elle était malade, très malade... — Elle paraissait n'avoir plus que le souffle... — Vous ne lui auriez pas donné huit jours à vivre...

— En vérité !

— Sans exagération, oui... — Vous jugerez le changement d'ailleurs par vos propres yeux.

— Et comment ?

— En regardant mon tableau à l'Exposition... — Le sujet en est simple : une pauvre enfant près de laquelle, dans une humble mansarde, veille une sœur de charité... — C'est Simone qui a posé pour la jeune malade étendue sur son lit de souffrance...

XXI

— Votre tableau est envoyé au Salon, monsieur Servet? — demanda Simone.

— Depuis plusieurs jours, ma chère enfant, — répondit le peintre. — Je suis allé voir hier s'il était bien placé, car j'ai beau être exempt de l'examen du jury d'admission, il pouvait être accroché à des hauteurs funestes.

— Et vous êtes content?

— Enchanté!.. — Il est à la cimaise, dans les meilleures conditions de lumière... — Entre nous, j'espère un succès... — Je n'ai jamais rien fait de mieux réussi que ce tableau.

— J'irai le voir... — s'écria Simone.

— Vous ne vous reconnaîtrez plus, et à cette heure, j'en suis bien sûr, si je disais à certaines gens que vous m'avez servi de modèle, ils refuseraient de me croire... — Inutile de vous demander si vous êtes toujours au pensionnat de madame Dubief...

— Oh! toujours, monsieur Servet...

— Et heureuse...

— Si heureuse que je n'aurais jamais osé espérer un bonheur pareil...

— Ce bonheur, vous le méritiez, mon enfant... — Pour ma part je suis charmé que la chance vous soit enfin favorable... — M. Bressolles et sa fille sont certainement du même avis...

— Vous ne vous trompez pas, monsieur Servet, tous les deux sont heureux du résultat de la protection qu'ils ont bien voulu m'accorder...

— Vous les avez vus?

— Oui.

— Quand?

— Ce matin...

— Ce matin!... — répéta le comte Yvan. — Alors vous pouvez nous dire comment va mademoiselle Bressolles...

— Hélas, monsieur, — murmura Simone avec hésitation, — cela me serait bien difficile...

— Pourquoi donc ? — répliqua Gabriel Servet. — Parlez-nous à cœur ouvert, selon les impressions qui sont résultées pour vous de la vue de la malade... — M. le comte Smoïloff est un ami d'Albert de Gibray... — Ce serait pour lui une grande joie de porter de bonnes nouvelles à Albert...

En entendant prononcer ce nom, Simone avait tressailli.

Le comte était un ami d'Albert.

Elle allait pouvoir lui donner la lettre que Marie lui avait confiée avec mission de la faire parvenir au jeune homme.

— M. de Gibray va mieux, n'est-ce pas, monsieur ? — demanda-t-elle vivement au Russe.

— Je voudrais pouvoir vous répondre affirmativement, mademoiselle, mais c'est impossible... — Albert est très malade... il souffre moralement et physiquement...

— Eh bien, monsieur, — fit Simone avec émotion, — la position de mademoiselle Marie est absolument semblable à celle de M. Albert... — L'âme et le cœur chez elle souffrent autant que le corps.

— Vous a-t-elle fait quelques confidences ?

— Oui, monsieur...

— Elle vous a parlé d'Albert ?

— Oui, monsieur. — Si M. Albert mourait, j'ai la conviction que mademoiselle Marie ne lui survivrait pas...

— Albert non plus ne survivrait point à celle qu'il aime... — murmura le comte. — Pauvres enfants ! !

— Vous voyez M. Albert tous les jours, monsieur ? — demanda Simone au jeune Russe.

— Tous les jours, oui, mademoiselle...

— Alors, monsieur, voudriez-vous vous charger de lui remettre une lettre ?...

— Une lettre de qui ?

— De mademoiselle Bressolles...

Gabriel Servet et le comte Yvan firent un geste de surprise.

Simone reprit :

— Depuis plus de huit jours mademoiselle Marie n'a point reçu de nouvelles de M. Albert... — Elle en souffre cruellement, et à cette souffrance s'ajoute celle que lui cause le chagrin profond de M. Bressolles... — Tout cela aggrave son état et elle a pris la résolution d'écrire...

La lingère présenta au comte Yvan l'enveloppe non fermée et poursuivit :

— Mademoiselle Marie m'avait chargée d'apporter la lettre que voici à M. Servet, en le priant de vouloir bien la remettre à M. de Gibray... — Vous êtes l'ami de M. Albert, vous le voyez souvent, vous ne refuserez point de satisfaire la volonté d'une pauvre enfant malade, surtout quand vous saurez ce que contient cette lettre... — Veuillez la lire.

— La lire ! ! — s'écria le comte... — Y songez-vous ?

— C'est pour cela, monsieur, que mademoiselle Bressolles n'a point fermé l'enveloppe...

— Lisez, cher comte, — dit à son tour Gabriel Servet, — vous jugerez ensuite si, sans inconvénient, vous pouvez remettre ce mot à notre ami...

Yvan Smoïloff tira le papier de l'enveloppe et lut tout haut.

Une émotion profonde faisait trembler sa voix...

Le peintre n'était pas moins ému que lui.

Simone pleurait.

Quand le comte eut achevé, il dit :

— Je ne puis donner cette lettre à Albert...

— Pourquoi ? — balbutia Simone... — La blâmez-vous donc ?

— Non, certes, mais sa lecture bouleverserait
le malade et lui porterait un coup peut-être mortel...
— Je refuse d'assumer une responsabilité pareille...

— Mais, monsieur, mademoiselle Marie va attendre une réponse, et le silence de celui qu'elle
aime la tuera...

— Que puis-je dans cette alternative, mademoiselle? — D'un côté, le danger probable pour mademoiselle Bressolles ; de l'autre, le danger certain
pour Albert... — Ma conscience m'ordonne de
m'abstenir... — Reprenez cette lettre, je ne veux
point courir le risque de tuer mon ami...

— Gardez-la, monsieur, je vous en supplie !...
— Peut-être un jour viendra-t-il où vous croirez
pouvoir la lui donner sans danger...

— Je désire ne pas rester dépositaire de ces lignes.

— Mon cher comte, — dit Gabriel Servet — je
me joins à mademoiselle Simone pour vous prier
de garder cette lettre...

— A quoi bon ?...

— Si ce n'est pour la donner à Albert, ce sera
du moins pour la confier à son père, qui ne laissera
pas mourir ces deux enfants et que l'attendrissement disposera peut-être à écouter vos conseils...

— Vous avez raison... — répliqua le Russe en mettant la lettre dans son portefeuille. — Je la garde... et je m'en servirai en temps opportun...

Le comte Yvan se retira.

— Voulez-vous me faire grand plaisir, Simone... — dit le peintre.

— Je le crois bien, monsieur Servet... — répliqua la jeune fille.

— Eh bien, déjeunez avec moi...

— De tout mon cœur, monsieur Servet... — Nous parlerons de mademoiselle Marie.

— De Marie et d'Albert... — Pauvre enfants !... — Pourquoi faut-il que le hasard les ait mis en présence ici même ?... — Seront-ils jamais heureux ?

*
* *

Galoubet et Sylvain Cornu, en sortant de la Marne, avaient pris leurs jambes à leur cou, — comme on dit vulgairement.

Leur course impétueuse les conduisit à Maisons-Alfort, où ils arrivèrent essoufflés, haletants, et où ils firent invasion dans une boutique de marchand de vin.

En franchissant le seuil Galoubet cria, d'une voix effroyablement enrouée :

— Un saladier de vin chaud, avec beaucoup de sucre, beaucoup de citron, beaucoup de cannelle ! !... — Et *illico*, les enfants ! ! — On vient de prendre un bain soigné dans la Marne qui n'est pas bouillante, et on a besoin de se jeter du combustible dans le calorifère !...

La maîtresse de la maison se mit à l'œuvre aussitôt, plaçant une casserole sur le feu et versant deux litres de vin dans cette casserole, tandis que son mari répondait aux questions de Sylvain Cornu.

Ce dernier demandait si on pourrait leur donner de quoi changer, offrant de laisser une somme en garantie des vêtements qu'on leur prêterait et, en outre, de payer la location.

Le marchand de vin était un brave homme.

Il accepta le dépôt en garantie, — ne connaissant pas ses clients, — mais il refusa de toucher un prix de location, et il s'empressa d'aller chercher chemises, pantalons et vareuses.

Les naufragés entrèrent dans une petite pièce où, en moins de trois minutes, ils eurent changé de la tête aux pieds.

On apporta le saladier de vin chaud fumant, d'où s'exhalait une délicieuse odeur de cannelle et de zeste de citron.

— Vous allez trinquer avec nous... — dit Sylvain Cornu au patron qui répliqua :

— Ça n'est pas de refus.

Les gobelets s'entre-choquèrent à plusieurs reprises.

Sylvain Cornu, complètement réconforté par l'absorption du liquide quasi bouillant, s'écria :

— J'ai l'estomac dans les talons. — Je donnerais bien un joli coup de dent...

— Nous mangerons à Paris... — répliqua Gaboulet.

— Pourquoi pas ici ?

— Parce que nous n'avons pas de temps à perdre... — En route !...

— En route donc, puisqu'il le faut...

Sylvain mit deux louis sur la table.

— Gardez ça... — dit-il au patron. — Demain nous viendrons reprendre nos effets en vous rapportant les vôtres...

Le *mastroquet* encaissa les deux louis, offrit une tournée de vieux cognac, et cinq minutes plus tard les deux compères attendaient à la gare de

Charenton le train venant de Fontainebleau et devant les conduire à Paris.

Dix heures sonnaient au moment où ils mettaient pied à terre à la gare de Lyon.

— Filons à la préfecture... — dit Galoubet... — Nous prendrons l'omnibus à la Bastille...

Il était près de onze heures quand ils arrivèrent au bureau de la permanence où on les reconnut.

— Le chef de la sûreté est-il à son cabinet? — demanda Sylvain.

— Non, — répondit un inspecteur de service, — il est à Saint-Denis pour une affaire pressante...

— Pas de chance ! — murmura Galoubet.

XXII

L'inspecteur reprit :

— Venez demain matin de bonne heure. — Vous le trouverez, pour sûr... — Ah ! çà, il y a donc du nouveau ?...

— Oui, et du vrai... — répondit Galoubet.

— Qu'est-ce que c'est ?

— Demain on vous dira ça...

Et Galoubet, voulant éviter d'autres questions, prit la porte.

Sylvain Cornu le suivit.

— Ma vieille, — reprit Galoubet, — pour le quart d'heure nous n'avons qu'une chose à faire... aller taper de l'œil... — Je ne peux plus me tenir debout.

v. 12

Cornu approuva cette motion et les deux hommes regagnèrent leur domicile.

Le lendemain, — qui était un dimanche, — ils arrivèrent à neuf heures du matin au bureau du chef de la sûreté.

Celui-ci, sachant qu'ils étaient venus la veille au soir, avait donné l'ordre de les introduire sur-le-champ, malgré la présence de Jodelet et de Martel qui faisaient leur rapport.

Sa première parole fut celle-ci :

— Donc, il y a du nouveau ?...

— Oui, monsieur !...

— Satisfaisant ?

— Tout ce qu'il y a au monde de moins satisfai-sant... — Un malheur...

— Un malheur !... — répéta le chef de la sûreté avec inquiétude.

— Et un très grand... — fit Sylvain Cornu. — Madame Rosier est morte...

Le chef de la sûreté, Jodelet et Martel poussèrent une exclamation de surprise et d'effroi.

— Expliquez-vous ! — dit ensuite le chef d'une voix étranglée.

Galoubet raconta tout ce que nos lecteurs savent déjà.

Les trois auditeurs étaient littéralement atterrés.

Lorsque le récit fut terminé, le chef demanda :

— Et vous croyez que la pauvre femme n'a pu échapper aux flots de la Marne ?

— Nous avons entendu son corps tomber dans l'eau comme nous nous débattions contre le courant...

En ce moment un agent entra dans le cabinet après avoir frappé, et à cette question :

— Que voulez-vous ?

Répondit :

— Monsieur, c'est un gendarme de Saint-Maur-les-Fossés. — Il apporte une lettre qu'il doit vous remettre en mains propres.

— De Saint-Maur-les-Fossés ! — s'écria le chef. — Nous allons sans doute avoir des nouvelles de la pauvre madame Rosier.

Le gendarme fut introduit.

— Monsieur le chef de la sûreté, — dit-il en faisant le salut militaire, — le commissaire de Saint-Maur-les-Fossés vous fait tenir ce mot d'écrit... — Il faudrait que vous puissiez vous rendre de suite à la gendarmerie de la localité...

— Que se passe-t-il donc ?

— Je ne pourrais pas vous le dire au juste, étant

rentré de permission ce matin, mais je crois qu'il s'agit d'une femme assassinée que l'on a relevée cette nuit sur les bords de la Marne... — Ce mot d'écrit vous donnera sans doute à ce sujet des explications plus conséquentes que les miennes...

Le magistrat décacheta la lettre qui venait de lui être remise par le gendarme et lut ce qui suit :

« Monsieur le chef de la sûreté,

» Votre présence est indispensable en ce moment à Saint-Maur-les-Fossés, pour y reconnaître le corps d'une femme sur laquelle on a trouvé une carte d'agent.

» S'il vous était impossible de vous rendre à mon appel, veuillez me donner des ordres.

» J'ai l'honneur, etc. »

— Ce n'est que trop vrai!... Aimée Joubert est morte !! — murmura le chef en refermant la lettre. — C'est une fatalité ! !

Il ajouta en s'adressant au gendarme :

— Retournez à Saint-Maur, mon ami. — J'y serai en même temps que vous...

Le gendarme sortit.

— Jodelet, et vous Martel, — reprit le chef de la sûreté, — vous avez mes ordres pour aujourd'hui... — Ce qui vient de se passer me donne la preuve que les misérables sont toujours à Paris... — Explorez aujourd'hui tout le quartier d'Antin... — Demain nous passerons à un autre, et ainsi de suite, jusqu'à ce que nous ayons trouvé quelque chose.

Jodelet et Martel se retirèrent, très attristés par la fin tragique de la policière qu'ils aimaient et qu'ils respectaient.

— Vous Galoubet et vous Sylvain, — poursuivit le chef, — attendez ici... — Je vais avertir le commissaire aux délégations... — Vous m'accompagnerez à Saint-Maur-les-Fossés...

Et il se rendit au bureau du commissaire.

— Pauvre femme ! — s'écria celui-ci, bouleversé par la nouvelle inattendue... — Comment prévenir son fils ?...

— Je n'y avais pas songé... — Nous aviserons plus tard... — En ce moment, l'essentiel est de se rendre à Saint-Maur, et j'y vais...

— J'irai avec vous... — dit le commissaire, — J'ai hâte d'avoir des détails.

Et il suivit en effet le chef de la sûreté, qui alla

12.

prendre à son bureau Galoubet et Sylvain Cornu.

Tous les quatre partirent ensemble.

Midi sonnait au moment où ils arrivèrent à la gendarmerie de Saint-Maur-les-Fossés.

Le commissaire de police et le brigadier de gendarmerie reçurent les arrivants.

— Excusez le dérangement que je vous cause, messieurs... — dit le commissaire. — A tort ou à raison j'ai cru me voir en face d'un cas grave que je devais vous communiquer sur-le-champ... —La carte d'agent que j'ai trouvée sur cette femme me préoccupait beaucoup... — Il m'a semblé qu'en vous appelant ici je faisais mon devoir...

— Et vous ne vous trompiez pas, cher monsieur... — répliqua le chef de la sûreté — C'est en effet d'un de nos plus précieux agents qu'il s'agit, et nous déplorons d'avoir à constater son décès...

— Vous n'avez point de décès à constater, monsieur, — fit vivement le commissaire de police, — cette femme n'est pas morte...

Les visages des nouveaux venus s'illuminèrent.

— Dieu soit loué ! — s'écria le chef. — Ce que vous venez de nous apprendre nous cause une immense joie ! ! — Ainsi, elle est vivante ?...

— Oui, monsieur, — dit le brigadier de gendarmerie, — vivante grâce au médecin qui nous a
prêté son secours, car nous la croyions bien morte...
— Seulement elle a le délire et ne peut répondre à
aucune question...

— Où est-elle ?

— Dans ma chambre même et dans mon propre
lit où j'ai cru devoir la faire installer...

— C'est un acte d'humanité qui vous honore
et dont je vous remercie... — Voulez-vous nous
mener auprès d'elle ?

— Veuillez me suivre, messieurs...

Le brigadier conduisit les visiteurs à son logement, où sa femme veillait avec la plus charitable
sollicitude sur la malade.

Galoubet et Sylvain Cornu venaient par derrière.

Madame Rosier, en proie à une fièvre terrible et
le visage marbré de taches rouges, était couchée,
les bras hors du lit.

Sa tête roulait sans cesse de droite à gauche et
de gauche à droite sur les oreillers.

Un bandeau lui cachait une partie du front.

Pendant quelques secondes les nouveaux venus

la regardèrent avec une émotion qui rendait leurs paupières humides.

— Est-elle blessée ? — demanda le commissaire aux délégations.

— Oui, monsieur... — Une blessure au front...

— Grave ?...

— Assez longue, mais peu profonde... — Ce n'est point cela qui inquiète le docteur, c'est le bain glacé qu'elle a pris, et les cinq ou six heures qu'elle a passées en plein air avec ses vêtements mouillés sur le corps.

— On ne l'a donc point tirée de la Marne ?

— Non, monsieur... — Deux de nos hommes, en tournée nocturne avec le garde-pêche, exploraient les environs d'un des petits bras de la Marne où les maraudeurs vont souvent pêcher la nuit... — En longeant la Marne, l'un d'eux aperçut un bateau amarré à l'entrée du bras qui forme une espèce d'étang... — Croyant faire bonne prise, ils descendirent le talus et entrèrent dans le bateau où ils virent cette pauvre femme que l'on transporta ici ne donnant aucun signe de vie...

— Voilà qui est étrange ! — fit le chef de la sûreté en regardant Galoubet et Sylvain Cornu. — Comment Aimée Joubert pouvait-elle se trouver dans ce bateau, puisque le vôtre avait coulé bas ?...

— On a recueilli, en effet, à deux cents mètres plus bas, les avirons d'un bateau de pêche qui ont été reconnus à la marque pour appartenir à un débitant de vin de Port-Créteil, bateau que cette femme et deux hommes avaient emprunté pour suivre deux individus qui traversaient la Marne.

— C'était madame et nous, dit Galoubet, — le bateau appartenait à Cabusson...

— C'est bien cela...

— Mais l'autre bateau, celui où on a trouvé le corps, à qui appartient-il ? — demanda le chef de la sûreté.

— Au restaurant de l'île... — Il avait été détaché sans permission de son piquet d'attache...

— Par qui ?

— On l'ignore... — C'est ce matin seulement que le restaurateur s'est aperçu du vol... — En venant porter plainte il a retrouvé son embarcation, et nous a donné des détails...

— Il y a dans tout ceci quelque chose d'obscur qui s'éclaircira seulement quand madame Rosier pourra parler... — dit le chef ; puis, s'adressant à Galoubet, il ajouta : — En coulant avec le bateau, vous l'aviez bien laissée suspendue à une branche de saule ?...

— Oui, monsieur, ensuite nous l'avons entendue tomber à l'eau, et nous la croyions parfaitement *neyée*, la chère femme ! !

XXIII

A la minute précise où Galoubet prononçait les derniers mots que nous venons de reproduire, madame Rosier fit un mouvement léger en poussant un soupir.

Le silence aussitôt s'établit et tous les regards se tournèrent vers elle.

Ses bras se soulevèrent violemment.

Elle sembla lutter contre des fantômes.

Ensuite ses lèvres s'entr'ouvrirent et des paroles confuses s'échappèrent de son gosier haletant.

— Écoutez... écoutez... — fit le chef de la sûreté à voix basse.

— Laissez-moi ! — balbutiait Aimée Joubert en

se débattant toujours. — Ne me tuez pas ! — C'est
Lartigues... C'est Verdier... — le Russe commande...
— Ils veulent tuer le comte Yvan... Ils ne me tue-
ront pas, moi... Une considération particulière
les en empêche... En duel... c'est en duel qu'il
mourra... Cent mille francs... chez Rothschild...

La voix de madame Rosier s'éteignit tout à coup,
et ses bras retombèrent inertes à ses côtés.

Un nouveau personnage parut dans l'ouverture
de la porte.

— Cette femme, — dit-il, — a certainement
assisté à quelque drame terrible...

Tout le monde se retourna.

— C'est le docteur... — fit le commissaire de police, qui se hâta de le présenter au chef de la sûreté
et au commissaire aux délégations.

Tous deux le remercièrent des bons soins déjà
donnés, et lui exprimèrent le sérieux intérêt qu'ils
portaient à la malade.

— Vous n'avez absolument rien à craindre, messieurs... — répliqua-t-il. — Je réponds de cette
femme... — Sa vie n'est point en péril et j'ajoute que
sa situation ne me paraît pas grave... — La fièvre
qui la brûle aujourd'hui aura cessé demain, grâce
à une médication énergique... — Alors, revenue

complètement à elle-même, elle pourra nous raconter le drame dont elle a été le témoin et la victime...

Le docteur s'approcha de madame Rosier ; — après un examen attentif, il ajouta :

— Oui, demain j'aurai vaincu la fièvre, et dans très peu de jours la malade sera sur pied.

— Nous reviendrons demain, — dit le chef de la sûreté, — et nous allons laisser ici deux hommes que nous mettons à vos ordres pour le cas où vous auriez à nous faire prévenir d'incidents inattendus.

Il désigna Galoubet et Sylvain Cornu, et poursuivit en tirant de son portefeuille un billet de banque et en le tendant à Galoubet :

— Voici cent francs pour vos besoins et pour ceux de notre malade... — A demain !

Cinq minutes plus tard les deux magistrats reprenaient le chemin de Paris.

Le docteur écrivit la formule d'une potion, et s'éloigna en annonçant qu'il ferait une visite dans la soirée.

Les phrases sans liaison apparente prononcées par madame Rosier dans son délire avaient singulièrement frappé le chef de la sûreté et le commissaire aux délégations.

v.   13

Ils pensaient comme le docteur qu'Aimée Joubert avait dû assister à un drame effrayant, et que l'impression produite sur elle par ce drame était l'une des causes déterminantes de son délire passager, et ils se demandaient s'ils n'allaient pas avoir à s'occuper de quelque nouveau crime commis par la redoutable société des *Cinq*.

— Nous voilà cloués ici... — disait en même temps Galoubet à Sylvain Cornu. — J'aurais cependant bien voulu aller rendre ses effets au marchand de vin de Maisons-Alfort, et reprendre nos frusques avec nos quarante balles...

— C'est très facile... — répondit Sylvain Cornu. Nous n'avons pas besoin de rester ici tous les deux toute la journée... — Pour ce qu'il y a à faire, un suffira... — Tu vas aller prendre chez nous les effets du brave homme, tu les reporteras et tu viendras me reprendre ici pour dîner...

— Avant de songer à dîner, je déjeunerais bien, moi... — Je n'ai rien dans le coffre.

— Moi non plus...

Eh bien, cassons une croûte...

Les deux hommes, après avoir averti le brigadier, allèrent manger un morceau, puis Galoubet partit pour exécuter ce qui venait d'être convenu.

A quatre heures il était de retour.

Le docteur revint dans la soirée.

Aimée Joubert semblait plus calme.

Les taches rouges de son visage pâlissaient.

La fièvre diminuait visiblement.

Le docteur écouta la respiration devenue presque normale, étudia le pouls dont les battements, se régularisaient, et comprit qu'il était maître du mal.

— Une nuit de bon sommeil remettra tout en ordre... — dit-il. — Demain matin j'espère constater un état satisfaisant.

Le brigadier de gendarmerie conduisit lui-même Galoubet et Sylvain Cornu dans une petite auberge très propre où on leur servit à dîner et où on leur donna deux chambres.

— C'est rien épatant! — murmura Galoubet à l'oreille de Sylvain. — Nous sommes intimes aujourd'hui avec les gendarmes, et le temps n'est pas loin où la seule vue d'un chapeau bordé nous donnait la chair de coq...

Sylvain répondit avec aplomb :

— La chose est toute simple... Quand on est honnête homme on n'a pas peur de l'autorité... Au contraire...

Madame Rosier passa une excellente nuit.

Elle dormit d'un sommeil profond.

A la fièvre accompagnée de délire avait succédé une prostration complète. — Ses paupières lourdes semblaient ne pouvoir plus se soulever.

Galoubet et Sylvain Cornu, levés de bonne heure, se rendirent à la gendarmerie où ils constatèrent, comme le brigadier et sa femme, le calme absolu de la malade toujours endormie.

On attendait avec impatience l'arrivée du docteur et le retour du chef de la sûreté.

Vers neuf heures le médecin fit son entrée.

— Tout va bien, — dit-il après un examen rapide. — Donnez-moi, je vous prie, ce qu'il faut pour écrire...

Et il traça une ordonnance que Galoubet se chargea d'aller faire exécuter immédiatement chez le pharmacien.

Pendant son absence le docteur leva l'appareil qu'il avait placé le jour précédent sur le front d'Aimée Joubert.

La blessure était toujours ouverte, mais d'une belle couleur rose.

Aucune goutte de sang ne s'en échappait.

Une compresse de perchlorure de fer avait arrêté toute hémorragie.

Le pansement fut fait avec un soin minutieux. — Le docteur rapprocha les chairs que maintinrent des bandelettes de sparadrap, plaça des compresses sèches sur les bandelettes et noua un bandeau autour du front.

Madame Rosier éprouva sans doute un soulagement notable, car ses paupières closes se soulevèrent peu à peu, puis s'abaissèrent de nouveau. comme si la lumière fatiguait ses prunelles.

Le médecin l'examinait.

— Vous sentez-vous mieux? — lui demanda-t-il.

Elle ne répondit pas, mais ses yeux s'ouvrirent tout à fait, et se fixèrent d'abord sur celui qui venait de parler. — Elle se souleva à demi, laissa ses regards errer autour d'elle avec la physionomie d'une personne encore mal éveillée et sortant d'un rêve, puis sa tête retomba sur l'oreiller.

En ce moment Galoubet rentrait, apportant la potion prescrite.

Le docteur prit la fiole.

— Qu'on me passe une cuillère... — commanda-t-il.

Sylvain Cornu prit sur un meuble l'objet demandé et le présenta au médecin

Celui-ci agita le contenu de la fiole, remplit la
cuillère, du liquide contenu dans cette fiole et dit
à Sylvain Cornu :

— Soulevez doucement la tête de la malade...

Sylvain passa son bras sous les oreillers et obéit
en ayant soin d'éviter tout mouvement brusque.

Le docteur écarta doucement les mâchoires de
madame Rosier, lui introduisit la cuillère dans la
bouche et fit glisser presque goutte à goutte le
liquide dans le gosier.

Sur un signe du médecin, Sylvain laissa retomber
lentement son bras.

L'absorption du médicament produisit un effet
immédiat.

Aimée Joubert rouvrit les yeux et de nouveau
promena autour d'elle des regards étonnés.

Ses yeux allèrent du docteur au brigadier de
gendarmerie debout au pied du lit, puis ils se tournèrent vers Galoubet et Sylvain Cornu.

A la vue de ces deux derniers la policière fit un
geste de surprise.

— Où suis-je?... — demanda-t-elle d'une voix
faible.

Avant qu'on ait eu le temps de répondre à cette question, un bruit de pas retentit dans la pièce voisine et le chef de la sûreté parut, accompagné par le commissaire aux délégations que la curiosité ramenait.

Au moment où ils franchissaient le seuil, le regard d'Aimée Joubert s'arrêta sur eux.

Aussitôt jaillirent de son cerveau, déjà plus nets et plus précis, les souvenirs jusqu'à ce moment vagues et obscurs de ce qui s'était passé dans la soirée de l'avant-veille.

—Oh! venez... — dit-elle, — venez vite!

Les deux hommes s'approchèrent et serrèrent avec effusion les mains qu'elle leur tendait.

— Du calme!... du calme!!... — fit impérieusement le docteur. — Nous devons éviter jusqu'à nouvel ordre toute fatigue et toute émotion...

Aimée Joubert répéta :

— Mais, où suis-je donc?

— A Saint-Maur-les-Fossés... — répondit le chef de la sûreté.

— A Saint-Maur... — balbutia madame Rosier en portant la main à son front.

Elle rencontra sous ses doigts le bandeau qui le comprimait.

La mémoire lui revint complètement, mais sa pensée s'éloigna pour une seconde du drame lugubre, pour aller à la chose de ce monde qui l'intéressait le plus.

D'une voix que l'émotion rendait tremblante elle demanda :

— Et mon fils ?

XXIV

— Votre fils ?... — répéta le chef de la sûreté.
— Mais nous ne l'avons pas vu... — Lui serait-il
arrivé malheur ?...

— J'espère bien que non... — répondit madame
Rosier. — Il ne se doute de rien, n'est-ce pas ? —
Vous ne l'avez point fait prévenir ?

— Nous nous sommes abstenus... — Il nous a
paru sage de ne prendre aucune détermination
avant de vous avoir vue de nouveau...

— Vous êtes donc venus déjà ?...

— Oui... hier... — Vous étiez hors d'état de
nous reconnaître...

— Ah! les misérables !... les misérables!... —

13.

murmura la policière en fermant les yeux, comme pour échapper à quelque vision funeste.

Le docteur intervint.

— Du calme, chère madame ! ! — dit-il avec autorité. — Il faut avoir du calme, beaucoup de calme, si vous voulez être promptement remise...

— Oui... oui... j'en aurai, monsieur, je vous le promets... — Cependant il faut que je parle... c'est indispensable...

— Je ne vous impose point le silence... — Parlez, puisqu'il le faut, mais faites-le lentement, à tête reposée, sans vous laisser aller à l'irritation, à la colère...

— Je tâcherai...

Puis Aimée Joubert, se tournant vers le chef de la sûreté, demanda :

— Depuis combien de temps suis-je ici ?

— Depuis la nuit de samedi à dimanche...

— Et c'est aujourd'hui ?

— Lundi...

— Lundi !... — répéta la policière. — Le Russe doit être parti et hors de toute atteinte.

Le chef de la sûreté regarda le médecin avec inquiétude.

Son regard semblait exprimer cette pensée :

— Aurait-elle encore le délire?

Aimée Joubert surprit l'expression des yeux du magistrat.

— Non... non... — fit-elle vivement. — Je suis en pleine possession de tout mon sang-froid. — N'attribuez point mes paroles au délire... — Je ne divague pas, je me souviens... — Le Russe en question est le complice de Lartigues et de Verdier. — Il se nomme Nicolas Gol... Il est le secrétaire intime du comte Boris Romanzoff qui a fait assassiner la comtesse Kourawieff il y a vingt-trois ans, et sans doute le père du comte Yvan il y a quelques mois...

— Vous l'avez vu? — s'écria le chef de la sûreté.

— Vu et entendu...

— Où?

— Sur les bords de la Marne...

— Dans quelles circonstances?

— Écoutez...

Et lentement, avec des efforts inouïs de mémoire pour n'oublier aucun détail, elle raconta ce qu'elle avait fait, ce qu'elle avait souffert, ce qu'elle avait entendu, depuis le moment où le bateau qu'elle montait avec Galoubet et Sylvain Cornu s'était englouti.

— Je n'avais pas perdu un seul mot de leur entretien, — continua-t-elle d'une voix affaiblie par
la fatigue. — Je les tenais... — Un caillou détaché
sous ma main et tombant dans l'eau près d'eux a
éveillé leurs soupçons... — Ils allaient gravir la
berge, me chercher, me trouver, et se débarrasser
à tout jamais de moi... — J'ai voulu fuir... — Les
forces me manquaient... Je suis tombée sans connaissance...

— Les scélérats vous ont crue morte... — dit le
chef de la sûreté. — Ils vous ont jetée à l'eau,
mais au lieu de rouler dans la Marne, vous êtes
tombée dans le bateau qu'ils abandonnaient... —
Tout s'explique.

Aimée reprit :

— Il faut que l'un de vous, messieurs, retourne
en toute hâte à Paris... — C'était hier dimanche,
jour où les maisons de banque sont fermées... —
Le chèque n'est point encore touché sans doute...
— Vous pouvez faire arrêter sans crainte celui qui
se présentera à la caisse de la maison Rothschild,
car celui-là, s'il n'est Lartigues ou Verdier, sera
du moins leur complice...

— Je pars... — dit le commissaire aux délégations au chef de la sûreté. — En votre absence je

prendrai les mesures nécessaires... — Restez auprès de madame Rosier qui a sans doute beaucoup de choses encore à vous dire... — Si vous avez du nouveau, envoyez-moi Galoubet ou Sylvain Cornu.

— Ce sera fait... — Chargez Jodelet et Martel de l'affaire du chèque...

Le commissaire se rendit au chemin de fer en toute hâte.

La fatigue accablait Aimée Joubert.

Le médecin prescrivit du repos, donna une cuillerée de potion, recommanda d'en administrer la même dose à la malade d'heure en heure, et se retira.

Madame Rosier, la tête appuyée sur l'oreiller, fermait les yeux.

— Je crois qu'elle va dormir un peu, — murmura Galoubet.

— Oui, — répliqua le chef de la sûreté, — et, comme j'ai besoin que vous me donniez vous-même divers renseignements après ce que je viens d'entendre, nous allons aller manger un morceau dans un restaurant quelconque... — Il y en a certainement ici.

— Ma femme a préparé à déjeuner, — fit le brigadier de gendarmerie. — Si monsieur le chef de la sûreté voulait me faire l'honneur d'accepter...

— J'accepte avec le plus grand plaisir.

On passa dans la salle à manger où le couvert était mis, et où tout le monde fit honneur à un repas simple mais excellent.

Tout en mangeant de grand appétit, le magistrat interrogea ses hommes et casa dans sa mémoire les renseignements obtenus.

Le déjeuner fini, — et il avait duré plus d'une heure, — la femme du brigadier vint prévenir le chef de la sûreté que madame Rosier ne dormait plus et qu'elle désirait le voir.

On se rendit aussitôt près d'elle.

— Vous sentez-vous mieux, chère madame?... — demanda le magistrat.

— Oui, beaucoup mieux... — Le sommeil m'a fait grand bien...

— Pouvez-vous répondre sans trop de fatigue à quelques questions?

— Oui... — Je désire même que vous m'interrogiez sur ce qui vous préoccupe...

— Je vais le faire... — Dans la conversation surprise par vous sur la berge de la Marne aucune adresse n'a été donnée par ces scélérats?...

— Aucune, malheureusement... — J'espérais

toujours entendre un nom de rue, une indication quelconque, s'échapper de leurs lèvres... — Je l'espérais en vain...

— C'est en duel qu'ils se proposent de faire tuer le comte Yvan?

— Ils semblaient s'être arrêtés à cette dernière idée, mais il se peut qu'ils y renoncent et qu'ils trouvent autre chose...

— Vous avertirez le comte afin qu'il soit sur ses gardes... — Je le ferai d'ailleurs entourer d'agents, sans qu'il se doute du système de protection établi à son insu... — Vous avez parlé de certaines réticences inexplicables à votre sujet...

— Oui... — Ils ne pouvaient point me frapper, disaient-ils, *une considération particulière* les en empêchait... — Ils ne voulaient pas qu'*une personne* puisse les soupçonner... — Cette *personne* les livrerait si elle venait à savoir qu'ils m'avaient tuée !...

— Et vous ne devinez pas de qui ils voulaient parler?

— Comment le devinerais-je?

— Ils ajoutaient que cette personne n'avait rien à craindre de vous?

— Oui... — Tout cela m'a semblé absolument in-compréhensible...

— Ne pensez-vous pas que ce pourrait être sim-plement une défaite inventée pour l'émissaire du comte Boris Romanzoff? .

— Peut-être... — C'est possible, sinon pro-bable...

— En tous cas, — reprit le chef de la sûreté, — si le comte Yvan est provoqué, nous saurons que le provocateur est affilé à la bande de Pierre Lar-tigues... — Donc, faisons des vœux pour que ces scélérats donnent suite à leur projet...

— Souhaitons-le, — dit madame Rosier ; puis elle ajouta : — Je voudrais vous prier, monsieur, de garder secret ce qui vient de m'arriver, surtout vis-à-vis de mon fils... — Je désire qu'il ne soit point prévenu... — Habitué à me voir m'absenter sou-vent il ne soupçonnera rien et ne s'inquiétera pas... — Je serai bientôt sur pied et je souhaite qu'il ignore absolument ce qui s'est passé...

— Le secret sera rigoureusement gardé, je vous le promets... — Mais vous allez avoir besoin de linge et de vêtements... — Comment faire ?

— J'enverrai Galoubet ou Sylvain Cornu chez moi avec un mot pour ma servante Madeleine.

— Elle donnera tout ce qu'il me faut et ne se dou-
tera de rien.

— Agissez donc à votre guise et comptez sur
nous... — Avez-vous besoin d'argent?... — J'ai
laissé hier cent francs à Galoubet...

— C'était inutile... — La femme du brigadier a
trouvé mon porte-monnaie dans une de mes
poches... — Il est suffisamment garni... — Je ne
demande qu'une chose, c'est de me rétablir au plus
tôt!... — Si les bandits ne se font pas prendre au
guichet de la caisse de M. de Rothschild, je jure
qu'avant un mois je vous les aurai livrés pieds
et poings liés...

Le médecin venait d'entrer et il avait entendu
les dernières paroles.

— Je pensais bien que l'énergie reviendrait
vite... — fit-il en riant. — Je ne me trompais pas...
— C'est au mieux, mais il ne faut pas abuser des
forces que je vous ai rendues, et qui ne sont encore
qu'un minimum, chère madame...

— Je n'en abuserai point, docteur.

— Est-ce bien sûr?

— Oui... C'est fini... Je n'ai plus rien à dire...

— A merveille!... — Vous sentez-vous quelque
appétit?

— Peu.

— Vous prendrez ce soir un léger potage, accompagné d'un demi-verre de vin de Bordeaux...
— Demain vous mangerez une côtelette... —
Après-demain l'appétit sera certainement revenu et
vous déjeunerez d'une façon copieuse...

— Quand pourrai-je me lever et marcher ?...

— Dans deux jours, s'il ne se produit rien de
contraire à mes prévisions, chose que j'affirmerais
volontiers... — Êtes-vous satisfaite de mon traite-
ment et de la rapide convalescence que je vous
promets ?

— Très satisfaite, monsieur le docteur, et je
vous en remercie de toute mon âme...

— Vous continuerez l'usage de la potion jusqu'à
ce que la bouteille soit vide... — Nous aviserons
ensuite...

Rien ne retenait plus le chef de la sûreté à
Saint-Maur, et il avait hâte de savoir si le commissaire aux délégations avait obtenu un heureux
résultat à la maison Rothschild.

En conséquence il prit congé de la policière,
près de laquelle il laissait comme gardes du corps
Sylvain Cornu et Galoubet.

— Je vous recommande un dévouement absolu à madame Rosier ; — leur dit-il en partant. — Vous vous en trouverez bien...

— Soyez tranquille, monsieur, — répliqua Galoubet, — nous ferons comme pour vous.

XXV

Maurice était resté pendant toute la journée du dimanche en compagnie de Marie Bressolles.

Il avait accompagné la jeune fille et son père dans leur promenade en voiture au bois de Boulogne ; — il avait dîné à l'hôtel de la rue de Verneuil et n'en était parti qu'à dix heures du soir, après avoir rappelé la visite que l'on devait faire au Salon le lendemain, — jour du *vernissage* et veille de l'ouverture officielle.

Grâce à ses relations avec quelques journalistes il avait pu se procurer des cartes d'entrée.

En rentrant chez lui, il trouva un billet de Lartigues.

Ce billet laconique ne contenait que cinq mots, ceux-ci :

« *Demain matin, dix heures, venez.* »

Et la signature : *Van Broecke.*

Le lendemain, à l'heure indiquée, il arrivait rue de Suresnes où ses deux associés l'attendaient.

En le voyant entrer, la figure souriante et le regard joyeux, ils échangèrent un rapide coup d'œil.

Évidemment le jeune homme ne se doutait point des événements accomplis l'avant-veille aux bords de la Marne, et par conséquent ignorait la fin tragique de sa mère ; — Lartigues et Verdier, nos lecteurs le savent, croyaient à la mort d'Aimée Joubert.

Maurice leur serra la main, tout en demandant :

— Y a-t-il du nouveau ? — Avez-vous retrouvé Simone ?...

— Malheureusement non, mais ce n'est point de Simone qu'il est question aujourd'hui... — répliqua Verdier.

— De quoi donc ?

— Nous vous le dirons tout à l'heure, mais d'abord donnez-nous des nouvelles de l'hôtel Bressolles...

— Tout va bien... — Avant un mois j'aurai

réussi... — Vous pouvez en donner l'assurance positive à notre associé de Londres... — Je crois avoir
fait preuve de quelque habileté en enlevant si vite
une position doublement défendue, et j'attends de
vous des éloges.

— Nous ne vous les marchanderons pas. Nous
savons que vous êtes adroit et avisé, et c'est pour
cela que nous voulons vous demander un conseil.

— Un conseil?... — répéta Maurice un peu surpris.

— Oui, et ensuite votre concours pour une affaire
qui est une ramification de celle qui nous occupe...

— De quoi s'agit-il?

— De nous débarrasser d'une personne dangereuse...

— Qui s'appelle?

— Le comte Yvan Smoïloff Kourawieff.

Maurice regarda successivement ses deux inter-
locuteurs.

— Qu'est-ce que cela signifie? — fit-il ensuite.
— Il y a un mois vous repoussiez comme inutile et
compromettante la suppression du comte, et c'est
vous aujourd'hui qui la demandez... — Que se
passe-t-il donc?

— Il se passe, — répondit Verdier, — que cet

homme s'est allié à la police pour retrouver Lartigues, qu'il cherche aussi de son côté, qu'il soudoie des émissaires, et que si nous ne voulons point être contraints de frapper Aimée Joubert, il faut frapper celui-là...

— Qu'est-ce que ça nous fait qu'il cherche Lartigues, puisque Lartigues est mort? — répliqua Maurice. — Vous n'avez rien à craindre, ce me semble... Pourquoi se vengerait-il de vous, qui n'avez rien fait contre lui?

— En ceci vous vous trompez... — Il a les meilleures raisons du monde de se venger de nous, car il sait que c'est nous qui avons tué son père en Russie...

— Voilà qui change la thèse... — Mais vous n'ignoriez rien de tout cela il y a un mois... — Pourquoi ce brusque changement d'opinion?

— Parce qu'il y a un mois sa mort ne nous rapportait rien...

— Et aujourd'hui?

— Aujourd'hui elle mettra dans notre caisse deux cent mille francs, sur lesquels nous en avons déjà reçu cent mille en un chèque payable au porteur et à vue que notre muet Dominique touche en ce moment à la maison Rothschid...

— Vous avez donc vu l'ennemi du comte Yvan?...

— Nous avons vu l'envoyé de cet ennemi.

— Quand?

— Avant-hier.

— Et il demande sa mort?

— Il la demande, il la paye, et en outre il nous offre en Russie sa protection et un asile sûr, lorsqu'il nous conviendra de brûler la politesse à la justice française.

— Très bien, et quel conseil attendez-vous de moi au sujet d'une affaire qui n'intéresse absolument que vous?

— Elle vous intéresse autant que nous, puisque nous sommes liés par un pacte et qu'entre nous tout est commun.

— Soit! ne discutons pas... Les discussions sont la chose du monde la plus inutile... — Le comte Yvan, quant à présent, ne me gêne aucunement, je n'ai donc point à m'occuper de lui... — Vous le craignez pour une affaire toute personnelle... Réglez cette affaire avec lui... Le jour où il me gênera, j'agirai.

— Alors, vous nous refusez votre concours? — s'écria Verdier avec aigreur.

Maurice eut un sourire narquois.

— Mes bons amis, — répondit-il, — je connais une fable de La Fontaine infiniment judicieuse... et vous devez la connaître aussi.

— Quelle est cette fable?...

— Elle est intitulée, je crois, *le Singe et le Chat*... — Le chat tire les marrons du feu en se brûlant les pattes... — Le singe les laisse refroidir, les épluche et les mange en se moquant du chat... — Chacun pour soi, mes maîtres! — Assassiner le genre humain dans le but de vous être agréable et de vous sortir d'embarras... Grand merci!!

— Mais, — commença Verdier, — deux cent mille francs...

Maurice l'interrompit.

— Payer deux cent mille francs la tête du comte Yvan, c'est de la dérision! — fit-il en haussant les épaules. — Deux cent mille francs à partager entre cinq!! — Quarante mille francs pour celui qui tuera le comte comme pour les autres, c'est un métier de dupe et d'imbécile. — Or, je ne suis ni l'un ni l'autre...

— Je vous ai dit et je vous répète que le comte Romanzoff nous offre l'impunité dans un pays où nous serons à l'abri de toutes poursuites... — reprit Verdier.

— Mais, mes chers associés, je ne tiens pas le moins du monde à m'expatrier, moi!! — Je suis Parisien pur sang et boulevardier jusqu'au bout des ongles... — Je compte vivre ici très heureux et très tranquille quand j'aurai touché les millions qui me reviendront de notre grosse affaire... — Et j'irais attirer sur moi l'œil de la police!... — Ce serait trop bête!... — Quand les héritières seront supprimées, on liquidera, vous me l'avez dit... — J'irai avec vous en Angleterre toucher ma part, et je reviendrai en jouir à Paris... — Vous me demandiez tout à l'heure un conseil... Le voici :

— Ne vous mettez pas de nouveau un meurtre sur les bras! — Songez que nous en avons encore deux en perspective, et que ceux-là sont indispensables...

— On peut supprimer le comte Yvan sans l'assassiner...

— Et comment?

— En duel, par exemple...

Maurice se mit à rire.

— Il n'y a rien au monde de plus stupide que le duel, puisque se battre en duel c'est jouer sa vie sur une carte! — répliqua-t-il. — Si votre adversaire est plus habile que vous, ou tout simplement s'il a plus de chance, au lieu d'être tué par vous, il vous tue!... — Entre nous, c'est bête !...

— On pourrait provoquer un accident... — murmura Lartigues.

— Oh! les accidents!! — répliqua Maurice avec un nouveau haussement d'épaules, — vous avez vu comme ils ont réussi pour Marie Bressolles...

— C'est que le diable était contre nous!...

— Rien ne vous prouve qu'il n'y sera pas encore, et qu'il ne sauvegardera pas le comte Yvan comme il a sauvegardé la nièce d'Armand Dharville...

— Bref, et pour la dernière fois, vous refusez de nous venir en aide? — demanda le faux abbé Méryss.

— Démontrez-moi que la mort du Russe est utile à nos projets, et je me mettrai à vos ordres.

— Je croyais vous l'avoir démontré...

— De façon insuffisante... — Si vous n'avez rien de concluant à ajouter, n'en parlons plus... — A propos, j'ai besoin d'argent... — Voulez-vous me donner dix mille francs?...

— Certes! — répondit Lartigues en se levant.

Il alla à son secrétaire qu'il ouvrit, en tira une liasse de billets de banque et les tendit à Maurice.

— Grand merci! — fit ce dernier. — Je vous quitte...

— Quand vous reverra-t-on?

— Demain, si j'ai des nouvelles à vous donner...

En ce moment Dominique rentra.

— As-tu touché? — lui demanda Lartigues.

Le muet fit un signe affirmatif.

Ensuite il tira de sa poche un portefeuille, l'ouvrit et le plaça sur la table.

Ce portefeuille contenait cent mille francs en billets de banque.

— Vous êtes à demi payés... — dit Maurice en souriant. — Croyez-moi, renvoyez au plus vite cet argent à celui qui vous l'a donné... — Ce sera plus intelligent que de tuer Yvan Smoïloff.

Et il sortit.

— Cet enfant a une volonté de fer! — fit Lartigues quand la porte se fut refermée derrière Maurice.

— Cela s'appelle de l'entêtement! — répliqua Verdier.

— Une chose me frappe...

— Laquelle ?

— Samedi tu disais à Nicolas Gol exactement les mêmes choses que Maurice vient de nous dire...

—Tu n'as même accepté la proposition de Boris
Romanzoff que parce que tu comptais sur Maurice...

— C'est vrai, mais l'engagement est pris.

— Qui a terme ne doit rien... — Nous avons un
mois devant nous... — D'ici à trente jours il peut
se produire un incident qui décidera Maurice...

— Ou nous aurons trouvé un moyen d'agir
nous-mêmes sans nous compromettre... — Mais
Maurice a raison... — Deux cent mille francs pour
la vie du comte Yvan, c'est un prix dérisoire... —
Il fallait demander un million...

— Je le demanderai et nous l'aurons...

L'entretien fut interrompu par Dominique venant annoncer télégraphiquement à son maître
que le déjeuner était servi.

14.

XXVI

En quittant Lartigues et Verdier, Maurice se rendit à l'hôtel de la rue de Verneuil où on l'attendait pour déjeuner.

Il devait ensuite conduire à l'Exposition Valentine et Marie, — M. Bressolles empêché par une affaire imprévue ne pouvant les accompagner.

Le déjeuner fut court.

Marie était très animée.

Son doux visage n'offrait point la pâleur inquiétante des jours précédents... — Une vive rougeur colorait ses joues amaigries...

L'ardent désir de voir le tableau de son ami Gabriel Servet donnait la fièvre à la jeune fille.

Le jour du *vernissage*, — nous le répétons, — l'Exposition de peinture n'est point publique.

C'est une sorte de répétition générale réservée aux artistes, aux journalistes, aux amis des artistes et des journalistes, enfin à tous les privilégiés à qui l'administration des beaux-arts donne des billets de faveur.

Au moment où madame Bressolles, Marie et Maurice Vasseur arrivaient en voiture au palais de l'Industrie, une foule nombreuse se pressait déjà dans le salon carré et dans les galeries.

Les ouvrages remarquables ne manquaient pas et, comme il arrive toujours, les curieux s'entassaient devant certains tableaux, signés de noms célèbres ou s'imposant à l'attention soit par leur mérite réel, soit par leur originalité tapageuse.

Valentine rencontra bon nombre de personnes de sa connaissance.

Toutes s'étonnaient du prodigieux changement de mademoiselle Bressolles, qui marchait appuyée au bras de Maurice.

Malgré l'animation de Marie, animation dont la cause nous est connue et qui ressemblait à de la gaieté, il était facile de voir qu'une maladie de langueur minait la pauvre enfant.

Personne ne disait cela tout haut, mais une expression de pitié profonde et douloureuse se peignait sur les figures et n'échappait ni à Maurice ni à madame Bressolles.

L'odieuse créature, rajeunie par un amour qu'elle croyait partagé, était très en beauté et véritablement rayonnante.

On parcourut les galeries, s'arrêtant presque à chaque pas.

La fatigue gagnait Marie.

— Ne trouverons-nous pas bientôt le tableau de M. Servet? — demanda-t-elle enfin.

— A cette question, je ne puis répondre, mademoiselle... — fit Maurice. — Le sujet de ce tableau vous est-il connu?...

— Je connais le tableau lui-même... — Il représente une sœur de charité soignant une jeune malade dans une mansarde très pauvre...

— Quelle est la dimension des figures?...

— Quart de nature, si j'ai bonne mémoire.

— Et c'est une belle œuvre?

— Admirable!!! — Je n'ai jamais rien vu de plus vrai ni de plus touchant!!!

— Quel enthousiasme!!! — dit en souriant le fils d'Aimée Joubert.

— Ne vous en moquez point, vous le partagerez tout à l'heure...

L'entretien des jeunes gens fut interrompu par la rencontre du comte Yvan, auquel le petit baron Pascal de Landilly, plus éreinté, plus vanné, plus toussottant que jamais, donnait le bras.

Les deux hommes s'arrêtèrent pour saluer madame Bressolles et sa fille et échangèrent une poignée de main avec Maurice.

A la vue de Marie, le comte éprouva une émotion douloureuse.

Il pensait que la lettre adressée par elle à Paul de Gibray, lettre dont il était devenu dépositaire, ne mentait pas et n'exagérait rien.

Ce n'était, hélas! que trop vrai...

Cette créature angélique s'éteignait lentement.

Après quelques paroles de politesses, Maurice demanda :

— Vous êtes-vous absenté de Paris, cher comte?

— Pourquoi cette question?

— On ne vous rencontre nulle part, et je vous supposais en voyage...

— En voyage ! — fit Pascal de Landilly de sa voix fêlée. — Jamais de la vie!... — Il a bien le temps de voyager, ce cher comte! — Méfiez-vous!... Vous allez tomber à la renverse tant la chose que je vais vous dire est épatante!... — Figurez-vous, mesdames, figurez-vous, Maurice, que notre ami, le comte Yvan, s'est constitué garde-malade...

— Garde-malade? — répétèrent les trois auditeurs.

— Pascal! — interrompit le jeune Russe d'un ton de reproche.

Mais rien ne pouvait arrêter le petit baron quand il était lancé.

Il continua :

— Oui, parfaitement!! — C'est pyramidal de dévouement! — Il veille comme une sœur de charité sur un charmant garçon que vous connaissez bien, mesdames...

Valentine fronça le sourcil et formula d'un ton froid cette question :

— De qui voulez-vous parler?

— D'Albert de Gibray, parbleu! le fils du juge d'instruction.

Marie devint subitement très pâle.

Tout le sang de ses veines affluait à son cœur.

— Vous soignez monsieur Albert??... — balbutia-t-elle en attachant sur le comte un regard chargé de reconnaissance.

Yvan répondit avec embarras, car il ne voulait point augmenter le trouble de Marie.

— C'est-à-dire, mademoiselle, que je passe auprès de lui quelques heures de mes journées et de mes soirées, afin de combattre son ennui et de lui donner le courage dont il manque un peu...

— Il est très gravement malade, n'est-ce pas ? — dit Valentine d'une voix dure.

— Très gravement, oui, madame...

— Je le savais... Je sais même que les médecins l'ont condamné... — poursuivit madame Bressolles.

Maurice sentit Marie chanceler et se cramponner à son bras pour ne pas tomber.

— Qu'avez-vous, mademoiselle ? — lui demanda-t-il vivement.

La jeune fille eut le courage, ou plutôt l'héroïsme de maîtriser sa douleur débordante.

— Rien... — balbutia-t-elle. — Un éblouissement...

— Voulez-vous vous asseoir un instant ?

— Inutile... — C'est passé déjà.

Valentine avait vu Marie pâle et défaillante.

Elle voulut retourner le couteau dans la blessure et reprit :

— M. Paul de Gibray doit être désolé, maintenant qu'il a perdu tout espoir de conserver son fils...

— Il serait désolé, madame, s'il avait en effet perdu cet espoir, — répliqua le comte Yvan, — mais il n'en est rien... — Je suis là pour le soutenir, je ne me laisse point abattre et, quelle que soit l'opinion des médecins, j'espère bien, moi, sauver Albert de Gibray, et pour y parvenir je ferai tout au monde !...

Madame Bressolles se mordit les lèvres.

Maurice lança sur le Russe un regard chargé de haine.

— Il ferait tout au monde pour sauver Albert de Gibray !... — pensa-t-il. — Je commence à croire que Van Broecke et l'abbé Méryss pourraient avoir raison en trouvant cet homme dangereux, et que mon intérêt aussi bien que le leur est de le supprimer...

Les dernières paroles du comte avaient mis une lueur d'espérance dans l'âme oppressée de Marie, mais cette lueur était bien pâle, et la pauvre enfant ne put empêcher deux grosses larmes de couler sur ses joues.

Yvan salua Valentine et Marie, serra de nouveau la main de Maurice et entraîna Pascal de Landilly.

— Il me déplaît, ce Russe... — dit madame Bressolles à demi-voix.

— Il ne me plaît pas plus qu'à vous... — répliqua Maurice.

On s'était remis en marche.

Marie regardait les tableaux, mais sans curiosité maintenant et d'une façon quasi machinale.

Sa pensée allait ailleurs.

Cependant elle s'arrêta tout à coup et un sourire revint à ses lèvres.

— Voici le tableau de M. Gabriel Servet... — dit-elle en désignant une toile placée à la cimaise, et qu'elle venait d'entrevoir pendant la dixième partie d'une seconde car un groupe compact se formait et se renouvelait sans cesse devant cette toile.

De ce groupe partaient des phrases élogieuses, des exclamations admiratives.

Pour s'approcher, il fallut attendre près de cinq minutes.

Enfin nos trois personnages arrivèrent au premier rang.

Maurice fut frappé tout d'abord des traits de la malade.

— Je connais ce visage ! — se dit-il, — où donc l'ai-je vu déjà ?

Et il interrogea sa mémoire.

Soudain il tressaillit, ses mains tremblèrent, et son regard se riva avec une expression étrange sur la figure de la jeune fille agonisante.

— Eh ! bien, qu'en pensez-vous, monsieur Maurice ? — demanda Marie à qui l'enthousiasme renaissant faisait pour un instant oublier son chagrin. — Avais-je exagéré mes éloges ?— Ce tableau ne vous paraît-il pas, comme à moi, merveilleux ?... — N'admirez-vous pas l'expression touchante et résignée de ce charmant visage amaigri ?

Le fils d'Aimée Joubert avait repris son sang-froid.

— En effet, — répondit-il, — c'est très remarquable et M. Servet est un artiste d'un grand talent... — Son imagination l'a merveilleusement servi quand il a inventé cette tête souffrante et mélancolique...

— C'est ce qui vous trompe... — répliqua vivement Marie. — Il n'a rien inventé...

— Comment ?

— Il a copié fidèlement la nature...

— La jeune malade existe donc ?

— Elle existe si bien que vous auriez pu la rencontrer hier rue de Verneuil, dans notre maison, car elle s'y trouvait en même temps que vous.

— Cette jeune fille, chez vous ! ! — s'écria Maurice avec une stupeur manifeste.

— Oui, et rien n'est plus simple... — Elle était venue me rendre visite.... — C'est une pauvre enfant abandonnée qui a été bien malheureuse quoiqu'elle mérite tout le bonheur du monde !... — Mais, grâce à Dieu, ses chagrins sont finis... — Mon père et moi nous l'avons fait admettre comme lingère chez la bonne madame Dubief, à mon ancien pensionnat de la rue de la Ville-l'Évêque...

XXVII

Maurice pesait avec anxiété, une à une, les paroles de Marie.

Valentine n'écoutait même pas sa fille.

— Et, comment nommez-vous cette personne si intéressante ? — demanda le jeune homme dont le cœur battait à coups rapides.

— Simone...

En entendant ce nom Maurice arrêta, mais non sans peine, le cri de joie qui montait à ses lèvres.

— Enfin, — pensait-il, — je la tiens donc !!! — C'est bien elle... je reconnais, amaigris par la souffrance, les traits de la photographie que m'a donnée Claudine Charvet. — Tout se rapporte d'ailleurs... — Marie n'a fait que répéter ce qu'Octavie m'a dit autrefois.

Il ajouta tout haut :

— Et cette pauvre jeune fille est aujourd'hui lingère dans votre ancien pensionnat ?

— Oui, chez la bonne madame Dubief qui est enchantée de ses services.... — Si vous voyiez aujourd'hui Simone, il vous serait bien difficile de la reconnaître après avoir examiné cette toile... — La lingère bien portante et gaie n'est plus du tout l'orpheline agonisante dont M. Servet a reproduit avec un si grand talent la touchante image...

A son tour Maurice était devenu rêveur.

Il cherchait le moyen de profiter à bref délai de ce que le hasard venait de lui révéler.

Marie commençait à éprouver une fatigue écrasante.

Nos trois personnages quittèrent l'Exposition pour rejoindre la voiture qui les avait amenés et qui stationnait près de la porte de sortie, derrière le restaurant Ledoyen.

Il était près de cinq heures quand ils rentrèrent à l'hôtel de la rue de Verneuil.

Marie regagna sa chambre.

Valentine et Maurice se trouvèrent seuls un instant.

— Le comte Yvan Smoïloff me paraît dangereux, — dit Maurice à la femme de l'ex-architecte, — il parle de sauver Albert de Gibray, et il en parle avec une conviction qui m'inquiète... — S'il réussissait ?...

— Tout serait compromis... — répliqua Valentine. — Albert voudrait épouser Marie, et le juge d'instruction, pour empêcher cette union, ferait un scandale...

— Il faut presser mon mariage...

— Sans doute... Mais cela ne dépend pas de moi...

— De qui donc ?

— Du docteur... — Il a sur les volontés de M. Bressolles beaucoup plus d'influence que je n'en ai moi-même...

— Eh bien, agissez sur le docteur...

— Je le ferai dès aujourd'hui, ou tout au moins dès demain...

L'ex-architecte, sorti pour affaires, venait de rentrer.

Il invita Maurice à dîner.

Le jeune homme refusa en prétextant un rendez-

vous auquel il ne pouvait manquer, mais il pro-
mit de revenir assez tôt pour accompagner ces
dames à l'Opéra-Comique où elles devaient aller
entendre un acte du *Domino noir*.

— L'Exposition et le théâtre, — murmura M. Bressolles. — Je crains que ce ne soit beaucoup de fatigue pour un seul jour.

— Vous savez bien que le docteur tient à la fatigue comme moyen curatif... — répliqua Valentine. — La fatigue seule, selon lui, peut procurer à
Marie un bon sommeil...

— Soit! Mais en toute chose il faut craindre
l'excès... — Enfin, n'étant pas médecin, je me
soumets...

— Et vous avez raison... — fit Valentine en haussant les épaules. — A ce soir, monsieur Maurice.

En quittant l'hôtel Bressolles, le fils d'Aimée
Joubert prit une voiture et se fit conduire rue de
Suresnes où Lartigues se trouvait seul.

— Y a-t-il du nouveau? — demanda le pseudo-
Van Broecke.

— Il y en a.

— Bon ou mauvais?

— Excellent.

— Ne me faites pas languir !... — Expliquez vous vite.

— J'ai trouvé Simone...

— Vrai? — fit Lartigues, étonné et joyeux.

— Ma parole d'honneur!

Bravo!!! — La nouvelle est de premier ordre, en effet... — Maintenant, des détails...

Maurice raconta brièvement sa visite au Salon, où il avait reconnu la jeune fille dans l'un des personnages du tableau de Gabriel Servet.

— Ceci, en somme, est chose toute simple, — ajouta-t-il, — mais il y a certaine particularité qui semble une combinaison de romancier ou de dramaturge, une particularité stupéfiante.

— Laquelle ?

— Celle-ci : — Tous les détails que j'avais besoin de savoir au sujet de Simone m'ont été donnés par sa sœur...

— Sa sœur ?... — répéta Lartigues d'un air étonné.

— Eh ! sans doute, Marie Bressolles... car enfin elles sont sœurs, étant filles de la même mère...

— Marie Bressolles connaît Simone ?

— Oui. — Elle et son père se sont faits ses protecteurs...

— Mais ils ignorent le secret de sa naissance?

— Bien entendu... — Madame Bressolles, ex-Valentine Dharville, a vu plusieurs fois Simone en se croyant vis-à-vis d'une étrangère...

— Où donc l'a-t-elle vue?

— Rue de Verneuil, à l'hôtel Bressolles, tout simplement.

— Vous aviez pardieu bien raison, mon cher Maurice! — s'écria Lartigues. — Le hasard est fertile en combinaisons mirifiques!! — Où demeure Simone?...

— Dans votre quartier... tout près d'ici... — Elle habite un pensionnat de la rue de la Ville-l'Evêque.

— Un pensionnat de la rue de la Ville-l'Evêque! — fit le faux Hollandais en tressaillant. — Par qui est-il tenu, ce pensionnat? — Le savez-vous?

— Par une certaine madame Dubief... — répondit Maurice.

Lartigues donna sur la table, auprès de laquelle il se trouvait, un vigoureux coup de poing.

— Madame Dubief! — répéta-t-il ensuite en se frottant les mains. — Vous êtes sûr que c'est ce nom-là?

— Parfaitement sûr!

15.

— Eh bien, mon cher enfant, nous pouvons nous vanter d'avoir une chance prodigieuse, inouïe, invraisemblable, presque incroyable.

— A quel propos ces épithètes? — demanda Maurice en souriant.

— A ce propos que le pensionnat de madame Dubief est celui dont le jardin touche à celui de cet hôtel... et nous possédons une clef, vous le savez déjà, qui nous permet d'ouvrir la porte de communication...

— Tonnerre! — s'écria Maurice. — Mais alors la besogne est à moitié faite !!

— Dites aux trois quarts ! — Quelle position Simone occupe-t-elle dans le pensionnat?

— Elle y remplit les fonctions de lingère.

— A merveille !

— Il ne s'agit plus que de se renseigner sur ses habitudes, de savoir si elle couche au pensionnat ou si elle y arrive le matin pour en partir le soir... Dans le premier cas, de connaître la position de sa chambre et de relever la topographie des lieux... — J'apprendrai certainement par Marie Bressolles une grande partie de tout cela... — Nous ferons nous-mêmes une enquête au sujet de ce qu'elle ne pourra me dire.

— C'est entendu...

— Verrez-vous ce soir l'abbé Méryss?

— Non, demain seulement.

— Avertissez-le de ce qui se passe, et qu'il s'occupe activement du petit travail de chimie dont nous avons parlé... — Je commence à croire, mon cher associé, que les millions de feu Armand Dharville seront bientôt entre nos mains.

— Oui, — murmura Lartigues en fronçant le sourcil, — et alors, vous l'avez dit vous-même, nous nous séparerons.

— Croyez-vous donc qu'à mon âge, et possesseur d'une énorme fortune me permettant de satisfaire toutes mes passions, tous mes goûts, tous mes caprices, je ferai la sottise de m'expatrier?... — On ne vit qu'à Paris !...

— Comptez-vous pour rien le danger?...

— De quel danger parlez-vous?

— De celui résultant des recherches de la police...

— Je ne le crains pas... — J'ai été assez habile pour déjouer jusqu'à présent toutes les recherches, et je n'étais cependant qu'un pauvre diable sans position et sans fortune!... — Vous figurez-vous que les agents de la Préfecture s'occuperont de moi quand je serai archimillionnaire?... — Les millions seront mon égide!...

— Pourrez-vous vivre toujours seul?

— Pourquoi non?... — Je vous garantis que l'ennui ne pénétrera jamais dans ma solitude!...

— Vous aimez votre mère?... — demanda Lartigues avec une sorte d'hésitation.

— Je n'ai aucune raison pour ne point l'aimer... répondit froidement Maurice. — Ce n'est pas sa faute si je suis son fils; — je la défendrais si je la voyais menacée, mais mon affection est très calme. — Je me figure parfois que mon père, — (*feu mon père*, puisque vous soutenez que Lartigues est mort), — a oublié de me faire un cœur...

— Votre mère vous aime-t-elle?

— Oui, certainement, à sa manière...

— Qu'entendez-vous par là?...

— Si elle m'avait bien aimé, aimé pour moi-même et non pour elle, savez-vous ce qu'elle aurait fait?

— Non.

— Eh bien, elle m'aurait tordu le cou le jour de ma naissance... — Cela n'aurait-il pas mieux valu que de me laisser vivre, avec Lartigues pour père et l'échafaud en perspective?

— L'échafaud !... — Vous venez de le dire, lorsque vous serez riche il ne vous menacera plus...

— Qui sait? — Tant qu'on est vivant on n'est pas sûr de mourir dans son lit...

Le front de Lartigues s'assombrissait de plus en plus.

Maurice changea brusquement le sujet de l'entretien.

— A propos, — dit-il, — j'ai des nouvelles du comte Yvan...

— Ah! — fit le faux Van Broecke.

— Oui... je l'ai rencontré... — Je lui ai parlé...

— Eh bien?

— Eh bien! il se pourrait que je revienne sur ma détermination de tantôt.

XXVIII

Lartigues regarda Maurice d'un air étonné.

— Et quel est le motif de ce brusque revirement ? — lui demanda-t-il.

— Ce motif est bien simple, et basé sur mon intérêt personnel, — répondit le jeune homme. — Ce Russe devient dangereux, non seulement pour vous mais pour moi. — S'il venait à atteindre le but qu'il se propose, Marie Bressolles nous échapperait peut-être.

— Expliquez-vous.

— Le temps me manque, et d'ailleurs c'est inutile ; mais soyez sans inquiétude... je veillerai sur Yvan Kourawieff.

Maurice prit congé de Lartigues, alla dîner sur le boulevard et regagna en toute hâte l'hôtel de la rue de Verneuil.

Le comte Yvan, dont il venait d'être question entre les deux bandits, avait été frappé de l'expression du visage de Marie et de l'attitude glaciale et presque hostile de madame Bressolles tandis qu'il était question d'Albert de Gibray, et enfin du rôle de Maurice servant de cavalier aux deux femmes.

Yvan connaissait trop peu l'intérieur de la famille Bressolles pour deviner ce qui s'y passait.

Cependant son instinct d'homme du monde, sachant la vie, lui dit que la présence de Maurice Vasseur dans cette famille, sa familiarité avec la mère et avec la fille, avaient certainement un but, et que ce but devait être en désaccord avec les idées et les aspirations d'Albert de Gibray.

— Connaissez-vous beaucoup madame Bressolles? — demanda-t-il au petit baron Pascal de Landilly qui, nous l'avons dit, se promenait à son bras dans les salles du palais de l'Industrie.

L'ami de cœur de mademoiselle Adèle de Civrac née Greluche) toussa pour s'éclaircir la voix, et répliqua :

— Beaucoup... beaucoup... mon excellent bou...
je suis un intime...

— Que pensez-vous de cette personne?

— Je pense que c'est une jolie femme et d'un
galbe épatant... — On ne lui donnerait pas son âge,
hein? Ah! non, par exemple! — Elle a l'air d'être
la sœur aînée de sa fille... — C'est tout bonnement
catapultueux!!

— Coquette, n'est-ce pas?

— Adorablement coquette... — Une coquetterie
d'un relief à tout casser, et je crois, ma parole, que
depuis la maladie de sa fille son désir de plaire et
d'être admirée grandit encore... — Hein, comme
c'est nature?

— Madame Bressolles aime peu mademoiselle
Marie, je suppose?...

— Elle ne m'a fait aucune confidence à ce sujet,
mon très bon, vous comprenez ça, mais j'ai dans
ma folle idée qu'elle ne l'aime pas du tout...

— Pourquoi?

— Parce qu'une grande fille comme la sienne ne
la rajeunit point, et qu'elle mourra de chagrin le
jour où la première ride et le premier cheveu blanc
lui diront qu'il faut vieillir... Ce qui se comprend du

reste avec sa turlutaine de voir à ses pieds tout
Paris...

— Beaucoup d'adorateurs, alors ?

— Oh ! une flotte...

— Et des adorateurs... heureux ?...

— Dame ! le monde a causé souvent... et il cause
encore... — Il potine, le monde, au sujet de madame Bressolles, que c'en est épatant ! — Moi, je
ne sais rien de positif... — On a parlé de Pierre et
de Paul... On a cité celui-ci et celui-là... — On
parle aujourd'hui de Maurice Vasseur... — Y a-t-il
quelque chose de fondé là dedans ?... Je me le
demande, mais ne me le demandez pas...

— Maurice Vasseur me paraît invraisemblable...
— dit le comte Yvan.

— Pourquoi donc ? c'est un garçon très chic...

— Sans doute, mais madame Bressolles n'aurait
point l'audace d'introduire dans l'intimité de sa maison et de sa famille un homme distingué par elle.

— Eh ! eh ! — fit en ricanant le petit baron, —
je crois que cette chère Valentine n'est pas précisément timide... — J'ajouterai même que le toupet
ne lui fait point défaut. — Elle a même un toupet
d'un galbe monumental !

— Mais, le mari ?...

— Eh ! bien, quoi, le mari ?... — C'est un mari comme tant d'autres maris, voilà tout... — Moi je suis de l'avis de Gavarni : — *Les maris me font toujours rire !...* Restons garçons, mon cher comte... — Cet excellent Bressolles n'y voit que du feu ! — D'ailleurs Valentine a inventé un truc épatant... — Maurice Vasseur vient dans la maison comme aspirant à la main de Marie... — On prétend qu'il l'épousera... et c'est peut-être vrai... mais ça serait épatant tout de même...

Le comte Yvan frissonna.

— Faire épouser Maurice Vasseur à mademoiselle Bressolles, ce serait odieux ! — se dit-il. — Albert en mourrait...

Il reprit tout haut :

— Je croyais que cette jeune fille avait donné son cœur à un autre ?...

— C'est bien possible, mais qu'est-ce que ça fait ? — Si Valentine s'est mis dans la tête de marier la petite, elle la mariera sans la consulter, et ça aura un cachet énorme !...

Le comte Yvan passa la main sur son front comme pour éloigner une pensée douloureuse.

— Il est impossible que cela soit ! — murmurat-il. — Cela ne sera pas !

L'heure de la fermeture de l'Exposition était arrivée.

Les deux jeunes gens sortirent et se séparèrent.

Pascal de Landilly se rendit chez mademoiselle Adèle de Civrac (née Greluche), qu'il devait conduire au café Anglais d'abord, et ensuite aux Variétés.

Le Russe alla tout droit rue de Rennes, chez M. de Gibray.

Le juge d'instruction arrivait du Palais.

— Je suis enchanté de vous voir, mon cher comte, — dit-il à Yvan, — j'ai à causer avec vous...

— Cela se trouve à merveille... — Je venais solliciter de vous un moment d'entretien...

— Que je vous accorderai de tout mon cœur... — Mais je dois, avant tout, vous apprendre une nouvelle importante et qui vous intéresse.

— Laquelle ?

— Nous avons failli perdre cette pauvre madame Rosier.

— La perdre ?... — s'écria le Russe. — Comment ?

— Il s'en est fallu de bien peu qu'elle payât de sa vie son dévouement à une cause qui, en somme, est la vôtre...

— Donnez-moi vite, je vous prie, le mot de cette
énigme.

Paul de Gibray raconta au jeune Russe tout ce
que nos lecteurs connaissent déjà par le menu.

— Ainsi mes ennemis ont découvert ma présence
à Paris, — dit le comte Yvan avec mélancolie quand
le juge d'instruction eut terminé son récit, — et
non content d'avoir assassiné ma mère d'abord,
mon père ensuite, ils veulent que je succombe à
mon tour pour m'empêcher de les frapper quand
sera venu le jour de la justice ?...

— Combattant pour leur propre peau, ils seront
sans merci ! ! — Nous veillerons sur vous, mais de
votre côté veillez ! !

— Nous n'avons d'autres indices que ceux, bien
vagues en somme, résultant des paroles surprises
par madame Rosier.

— Sans doute, mais nous sommes avertis, ce qui
nous rend forts... — Soyez sans cesse sur vos
gardes, je vous le répète. — Ne vous exposez point
aux coups d'invisibles ennemis... — Sortez le moins
possible... — Et, tenez, il me vient une idée... —
Je puis mettre une chambre à votre disposition...
— Acceptez pour quelques jours l'hospitalité que je
vous offre cordialement... — On ne viendra pas

vous chercher ici, j'imagine ! — Eh ! bien, est-ce convenu ?

— Merci d'abord, merci, mille fois, de cette proposition bienveillante qui me touche jusqu'au fond du cœur...

— L'acceptez-vous ?

— Peut-être l'accepterais-je tout à l'heure... cela dépendra de l'entretien que nous allons avoir ensemble... — Mais un mot encore au sujet des deux misérables qui se nomment Lartigues et Verdier...

— Que voulez-vous savoir ?

— Est-on allé toucher chez Rothschild le chèque de cent mille francs remis par l'envoyé russe à mes futurs assassins ?

— Oui... — Madame Rosier n'a pu parler que dans la journée, et dès l'ouverture de la caisse le chèque était présenté et payé.

— Sait-on qui a touché ?

— Un muet, ou du moins un personnage jouant le rôle de muet, car à une ou deux questions adressées par le caissier il a répondu en écrivant sur une ardoise dont il était muni.

— Ah ! çà, c'est une bande organisée ! !

— Oui, certes, et organisée avec une habileté vraiment diabolique !...

— Les misérables parviendront-ils toujours à nous échapper ? ?

— J'espère bien que non ; mais, en présence de cette diabolique habileté dont je vous parlais, il y a malheureusement place pour le doute... — Encore une fois, veillez bien sur vous !...

— Je veillerai, et malheur à l'homme, quel qu'il soit, que je soupçonnerai d'être leur émissaire !... — Permettez-moi maintenant d'aborder le sujet qui m'amène...

— Je vous écoute à mon tour...

— Je suis bien jeune, monsieur de Gibray, — commença le comte Yvan ; — je ne me reconnais donc le droit ni de vous questionner, ni de vous conseiller, et cependant je vais faire l'un et l'autre, et j'aurai pour excuse la profonde amitié que m'inspire votre fils...

Le juge d'instruction tressaillit.

— C'est d'Albert que vous allez me parler ? — demanda-t-il.

— Oui.

— Et sans doute aussi de celle qu'il aime ?

— Surtout de celle qu'il aime... — Je sais que vous chérissez Albert, je crois que vous donneriez votre vie pour le sauver, pour le voir heureux...

— Je la donnerais sans une hésitation, sans un regret ! Dieu m'en est témoin ! ! — s'écria M. de Gibray.

— Ainsi vous lui sacrifierez tout ?

— Tout au monde ! !

— Même votre haine pour Valentine Bressolles, haine dont j'ignore et dont je veux ignorer toujours l'origine ?...

M. de Gibray regarda le Russe bien en face, et répondit d'une voix lente et sourde :

— Pourquoi me demandez-vous cela ?...

— Parce qu'il faut que je sache si, Albert guérissant, vous consentiriez à lui voir prendre pour femme Marie Bressolles... — Voilà ce qu'il faut me dire nettement, franchement, sans arrière-pensée de revenir sur votre promesse quand vous verrez votre fils hors de péril et debout !... Voilà ce que je vous supplie, non seulement de me dire, mais de me jurer ! !

— Encore une fois, pourquoi exiger de moi ce serment ?

— Parce que vous tenez dans vos mains la vie de deux êtres bons et charmants entre les plus beaux et les meilleurs, et qui mourront si vous ne les réunissez pas ! — Tenez, monsieur de Gibray, lisez cette lettre...

Et le Russe tendit au juge d'instruction la lettre écrite par Marie Bressolles à Albert.

XXIX

M. de Gibray reçut des mains du comte Yvan
la lettre que nos lecteurs connaissent, et la lut
avec une émotion qui mit dans ses yeux de grosses
larmes.

— Pauvre enfant ! pauvre enfant ! — murmura-
t-il ensuite. — Comme elle l'aime !...

— Vous la plaignez, n'est-ce pas ? — demanda le
jeune Russe, très ému lui-même.

— Est-il possible de ne pas la plaindre ?...

— Je ne sais ce qu'est madame Bressolles, —
reprit Yvan, — et je ne désire point le savoir, mais
j'ai la certitude que, mère dénaturée, elle n'éprouve
pour sa fille aucun sentiment d'affection... J'ai la

certitude que, jalouse de sa jeunesse et de sa beauté, elle veut l'éloigner à tout prix, quitte à la sacrifier, et qu'à cette enfant qui se meurt d'amour pour Albert elle est prête à imposer un mariage odieux...

— Un mariage ?... — répéta le juge d'instruction.

— Oui.

— Je la croyais malade... bien malade...

— Elle l'est, en effet, mais qu'importe cela à cette mère sans entrailles !... — On la mariera quand même. — C'est résolu, je le sais. — Eh bien, monsieur de Gibray, il faut faire une bonne action, il faut arracher Marie Bressolles à la mort, en lui donnant pour mari votre fils qui, certain que vous consentez à son mariage, voudra vivre, et par conséquent ne se laissera plus mourir.

— Albert se laisse mourir ! ! — s'écria le magistrat atterré.

— Je l'affirme... — A vous seul il appartient de le sauver en lui rendant l'espoir qui lui donnera la force et la volonté...

— Vous ne lui avez pas montré cette lettre ?...

— Je m'en suis bien gardé !... — Dans l'état de faiblesse où il est, l'émotion l'aurait achevé !...

— Tout cela est horrible ! !... — balbutia M. de Gibray en prenant sa tête dans ses mains avec désespoir. — C'est cette misérable femme qui, non contente de tuer sa fille, tue mon fils en même temps !... — Si cette femme n'était pas là, j'irais à l'instant demander à M. Bressolles la main de Marie pour Albert.

— Allez-y quand même ! ! — répliqua le Russe avec feu. — Oubliez tout pour vous souvenir seulement de ces deux choses : qu'il faut qu'Albert vive et qu'il faut arracher mademoiselle Bressolles aux mains de Maurice Vasseur...

— Maurice Vasseur ! ! — répéta M. de Gibray.

— Oui, c'est le mari qu'on lui destine... — Et hâtez-vous, car bientôt il serait trop tard...

— Mais l'amour ne tue pas seul mon enfant... — répliqua le juge d'instruction. — Le médecin qui le soigne l'a déclaré...

— Éloignez ce médecin et confiez-vous à moi ! — Je réponds de tout si vous me jurez que vous donnerez à Albert Marie Bressolles pour femme, quand il aura recouvré force et santé...

— Eh ! bien, oui, j'oublie tout, haine, mépris, colère... — s'écria le juge d'instruction entraîné

par la tendresse paternelle. — Si Marie Bressolles
devient ma fille elle ne verra jamais sa mère...
— Sauvez mon fils, et j'irai demander pour lui la
main de Marie Bressolles, je le jure !...

Le jeune Russe tendit les bras au magistrat en
s'écriant :

— Embrassez-moi, monsieur de Gibray ! — Albert
sera sauvé !...

Les deux hommes s'embrassèrent avec effusion.

— Maintenant, — reprit le comte Yvan, — j'accepte l'offre que vous m'avez faite... — Je viendrai
vivre auprès de vous pendant quelques jours, et
de cette façon je pourrai sans cesse veiller sur
votre fils.

— Répétez-moi que vous le sauverez...

— Oui, je vous le répète avec une absolue confiance... — Je vais voir Albert...

— Je vous accompagne...

— Pas en ce moment, je vous en prie...

— Pourquoi ?

— Je désire me trouver seul avec lui.

— Dînerez-vous avec moi ?...

— Non... Après ma visite qui sera courte, j'ai
besoin de sortir afin de passer au Grand-Hôtel, de

préparer une valise et de l'apporter ici... Ce soir je deviendrai votre hôte...

— Je vais donner des ordres pour que la chambre qui vous est destinée soit prête...

Le comte Yvan entra chez le malade.

En franchissant le seuil il avait le visage joyeux, les lèvres souriantes. •

Albert lui tendit les deux mains, en disant d'une voix faible :

— Vous voilà ! ! enfin ! !

— Comment allez-vous, chez ami ? — demanda le Russe.

— Je vais comme un homme qui vient de s'ennuyer mortellement... — Toute une journée sans vous voir ! !

— Je m'occupais de vous, mon ami...

— De moi ! !

— Oui.

— N'êtes-vous donc point allé à l'Exposition, ainsi que vous m'aviez témoigné l'intention de le faire ?...

— J'y suis allé... et j'y ai rencontré une personne que vous connaissez beaucoup...

— Qui donc ?

— Je vous le dirai, mais à une condition.

— Laquelle ?

16.

— C'est que vous me promettrez de réagir vigoureusement contre toute émotion trop forte...

Albert, tremblant de tout son corps, s'écria :

— Vous avez vu Marie...

— Oui... mais calmez-vous...

— Je suis calme... je vous jure que je suis très
calme ! Ainsi, vous l'avez vue ?

— Oui...

— M'aime-t-elle toujours ?...

— Toujours et plus encore...

— Elle vous l'a dit ?...

— Elle n'a pas eu besoin de me le dire... — Je
l'ai compris à l'expression de ses regards quand il
a été question de vous...

Albert crut voir le ciel s'entr'ouvrir devant lui.
Un radieux sourire vint à ses lèvres.

Il reprit :

— Marie était à l'Exposition... — Elle va donc
tout à fait bien ?...

— Elle est souffrante encore, et très faible, mais
il y a beaucoup de mieux... — Elle guérira certainement...

Albert, saisi d'une soudaine tristesse, baissa la
tête sur sa poitrine ; — ses yeux devinrent humides ;
— il balbutia d'une voix sourde :

— Elle guérira... et moi je meurs...

— Que signifient ces idées absurdes ? — demanda
le comte Yvan d'un ton presque sévère. — Le seul
danger pour vous résulte de votre imagination frappée... — Pour recouvrer la santé très vite vous n'a-
vez qu'à le vouloir...

— A quoi bon le vouloir ? — dit Albert d'un ton
de découragement profond, — à quoi bon vivre?...
— Ma vie n'a qu'un but... — Vous savez quel est
ce but, et vous savez aussi que je ne l'atteindrai
point...

— Peut-être !...

Albert secoua la tête et murmura :

— Jamais Marie ne sera ma femme...

— Peut-être !... — répéta le comte.

Le fils du juge d'instruction regarda son interlocuteur avec surprise.

— Parlez-vous sérieusement ? — demanda-t-il.

— Très sérieusement.

— Vous croyez que mon mariage avec Marie Bressolles deviendra possible ?

— Non seulement je le crois, mais j'en suis sûr ;
oui, vous épouserez celle que vous aimez, mais
pour cela il faut placer en moi une confiance absolue, avoir la ferme volonté de guérir, et ne vous

alarmer de rien, quoi que ce soit que vous enten-
diez ou que vous voyiez autour de vous... — Me
promettez-vous cela ?...

— Je le promets, et je tiendrai ma promesse,
mais vous ne parviendrez pas à vaincre la haine
qu'inspire à mon père certaine personne...

— Si cette haine était vaincue déjà ?

— Que dites-vous ?

— La vérité... — M. de Gibray m'a donné
sa parole que le jour où vous seriez debout, en
pleine force, en pleine santé, il demanderait pour
vous à M. Bressolles la main de Marie.

— Vous me jurez cela ?

— Je le jure !

Cette fois la commotion fut trop forte.

Le cœur d'Albert se mit à battre avec une violence
désordonnée.

Son visage s'empourpra brusquement, puis devint d'une pâleur mortelle.

Le jeune homme laissa retomber sa tête sur l'o-
reiller et perdit connaissance.

Yvan ne fut point effrayé par cette syncope qu'il
prévoyait, ou qui ne lui causait tout au moins aucune surprise.

Il imbiba d'eau fraîche une serviette et mouilla

les tempes d'Albert qui revint à lui-même presque aussitôt.

— Vous voyez bien que vous n'êtes pas raisonnable, mon cher enfant !... — lui dit-il ; — impossible de faire quelque chose pour vous si au lieu de dominer vos émotions, vous vous laissez dominer par elles ! !

— La joie ne fait pas mourir, — bégaya le jeune homme, — et c'est la joie qui m'a terrassé... — A cette heure je veux vivre... vous verrez comme je vais redevenir fort...

— Pour commencer, reposez-vous...

— M'abandonnez-vous déjà ?

— Oui, mais je reviendrai bientôt...

— Aujourd'hui ?

— Ce soir même...

Le comte quitta le fils du juge d'instruction, sortit de l'appartement, puis de la maison, remonta en voiture et se fit conduire à l'avenue de l'Opéra.

La maison dont il avait indiqué le numéro était une demeure de grande apparence où les moindres loyers devaient être d'une quinzaine de mille francs.

Il entra dans une loge meublée comme un salon

et demanda au concierge, dont la tenue rappelait celle des huissiers de ministère :

— Le docteur Iwanow est-il chez lui ?

— Oui, monsieur, au premier...

— Je sais...

Le comte gravit les marches recouvertes de moquette d'un large escalier, s'arrêta au premier étage et appuya sur le bouton d'un timbre placé près d'une porte à deux battants, de bois noir, incrustée de filets de cuivre.

XXX

Un domestique en tenue très correcte vint ouvrir au comte Yvan qui lui demanda :

— Le docteur est-il chez lui ?

— Oui, monsieur...

— Puis-je le voir sur-le-champ ?

— Oh ! monsieur, impossible... — Monsieur le docteur a quelqu'un dans son cabinet, et plus de dix personnes attendent au salon... — Monsieur peut entrer et prendre son tour...

— Non... — J'attendrai ici... — Portez cette carte au docteur...

— A l'instant, monsieur...

Yvan s'assit sur un des grands fauteuils de style

Louis XIV, qui meublaient l'antichambre tendue de cuir gaufré.

Son attente fut courte.

Au bout de deux minutes le domestique revint.

— Monsieur veut-il me suivre ? — dit-il.

Et il introduisit le visiteur dans un cabinet de travail meublé avec une grande richesse et un goût sévère.

Un grand jeune homme de trente ans environ, blond, joli garçon, l'air sérieux, la figure ouverte et intelligente, le regard profond et plein de franchise, tendit la main à Yvan et s'écria :

— Cher comte, soyez le bienvenu !...

Ce grand jeune homme était Serge Iwanow, médecin russe du plus rare mérite, fixé à Paris depuis trois ans et que la mode avait adopté tout de suite.

Son élégante et riche clientèle augmentait chaque jour, si bien que, — (pour nous servir d'une expression courante et expressive) — il gagnait tout ce qu'il voulait.

— Asseyez-vous, — poursuivit-il, — et dites-moi ce qui vous amène.

— Je viens vous parler de mon malade.

— Eh bien ?

— Eh bien, mon cher docteur, j'ai suivi le con-

seil que vous m'avez donné... — A force d'insis-
tance j'ai arraché à son père la promesse de lui
donner pour femme la jeune fille qu'il adore...

— C'est le point essentiel... — La joie et l'espérance feront plus pour la guérison que tous les médicaments du monde...

— Maintenant, mon cher docteur, je veux que
vous voyez Albert de Gibray... — J'ai battu en
brèche son médecin habituel, qui est un brave
homme, mais sans hardiesse, sans initiative... —
Serez-vous libre demain à midi ?

— Je me rendrai libre.

— Eh bien ! venez rue de Rennes, chez M. de
Gibray dont vous avez l'adresse... — Je serai là
pour vous recevoir...

— J'y serai... — Vous savez, mon cher comte,
que vous pouvez compter sur moi en toutes
choses...

— Je le sais, et croyez bien que j'en suis reconnaissant...

Les deux Russes se serrèrent les mains de nouveau, et le comte Yvan se rendit au Grand-Hôtel où
il dîna et d'où il emporta une malle pleine de linge
et de vêtements.

— Si l'on venait me demander, — dit-il au bu-

reau, — vous répondriez que je suis en voyage pour
quelques jours...

Une heure après il s'installait dans la chambre
mise à sa disposition par le magistrat, chambre
voisine de celle d'Albert.

Le jeune malade rayonnait de joie à la pensée
que le comte Yvan allait pendant quelque temps
vivre auprès de lui.

Le lendemain matin, vers dix heures, arrivait
comme de coutume le médecin habituel de la famille de Gibray.

Il entra dans la chambre d'Albert avec le juge
d'instruction.

Yvan s'y trouvait déjà, lisant les journaux à son
ami pour le distraire.

Le docteur s'approcha du lit, demanda des nouvelles, tâta le pouls du jeune homme, dit quatre
bredouilles, hocha la tête, écrivit la formure d'une
potion nouvelle, et sortit avec la conviction d'avoir
loyalement gagné le prix de sa visite quotidienne.

Le comte et M. de Gibray l'accompagnaient.

— Eh ! bien, docteur ? — demanda le pauvre
père que le hochement de tête avait inquiété beaucoup.

— Eh ! bien, mon cher ami, — répliqua le médecin en prenant une figure attristée, — vous êtes homme... vous êtes fort... — il faut avoir du courage...

— Mon fils va donc plus mal ? — s'écria le magistrat.

— Il ne va pas précisément plus mal, mais il ne va pas mieux... — S'il en revient... si j'ai le bonheur de le sauver, ce sera long... il faudra du temps... beaucoup... beaucoup de temps...

M. de Gibray pâlit et regarda le comte.

Un sourire ironique à peine dissimulé plissait les lèvres d'Yvan.

Le docteur s'éloigna en remettant son ordonnance au valet de chambre, et en l'engageant à aller chez le pharmacien la faire préparer au plus vite,

M. de Gibray emmena le jeune Russe dans son cabinet.

— Vous avez entendu ? — lui demanda-t-il.

— Oui.

— Et cependant je vous ai vu sourire...

— C'est vrai...

— Vous ne croyez donc pas à ce qu'a dit le médecin ?...

— Je n'y crois pas plus qu'il n'y croit lui-même...

— Pourquoi chercherait-il à m'inquiéter outre mesure?

— Pour se faire valoir à vos yeux... et dans un autre but encore...

— Mais c'est un vieil ami de ma famille...

— Cela l'empêche-t-il d'envoyer toucher ses honoraires à la fin de l'année?...

— Non, certes, seulement rien n'est plus légitime que de réclamer une juste rénumération...

— Certes, mais il ne lui déplaît point d'arrondir cette juste rénumération en prolongeant indéfinitivement ses visites, et en maintenant le malade dans le *statu quo*... En conséquence, ce brave homme ne fait rien pour l'en sortir.

— Comment, rien?? — Il vient d'écrire une ordonnance!! on prépare en ce moment un médicament nouveau!!

— Eh! bien, on l'apportera, ce médicament, et nous jugerons le résultat... — Voyons, cher monsieur de Gibray, vous m'avez fait l'honneur de me dire que vous vous abandonniez à moi... — Ayez confiance! — Je réponds de la vie d'Albert... — Allons déjeuner...

Le sang-froid du comte et l'assurance qu'il manifestait reconfortèrent un peu M. de Gibray qui

se mit à table avec son hôte puis, immédiatement après le déjeuner, embrassa son fils et partit
pour le palais de justice où l'appelait le devoir
professionnel.

Le valet de chambre avait apporté la potion or-
donnée par le médecin.

Yvan mit la fiole dans sa poche.

— A compter d'aujourd'hui, — dit-il au domestique, — je ne quitterai plus votre jeune maître. —
C'est moi qui lui ferai prendre ses potions...

— Bien, monsieur...

Le comte porta la fiole dans sa chambre, l'en-
ferma dans un placard et vint ensuite retrouver
Albert.

A midi le valet de chambre remit une carte à
Yvan.

Celui-ci y jeta les yeux, lut le nom de *Serge
Iwanow* et donna l'ordre d'amener immédiatement
le visiteur.

— Mon cher Albert, — fit-il en souriant, aussitôt
que le valet fut sorti, — vous m'avez promis de ne
vous étonner de rien... Le moment de tenir votre
promesse est venu...

— Je la tiendrai, je vous le promets.

La porte s'ouvrit et le médecin russe en franchit le seuil.

Yvan alla à sa rencontre, lui serra la main et l'entraîna près du lit d'Albert en lui disant :

— Merci de votre exactitude, mon ami... — voici le cher malade dont je vous ai parlé. — Voyez et jugez...

Serge Iwanow s'assit auprès du lit et adressa au jeune homme au sujet de sa maladie une foule de questions qui seraient sans intérêt pour nos lecteurs, et que par conséquent nous nous garderons bien de reproduire.

Cet interrogatoire préliminaire terminé, il ausculta longuement Albert, étudiant la respiration et prenant des notes.

Il demanda ensuite à lire les ordonnances du médecin de la famille.

Ces ordonnances étaient dans un tiroir.

Yvan les apporta et Serge Iwanow les lut.

A plusieurs reprises, pendant cette lecture, ses sourcils se froncèrent et ses lèvres se contractèrent.

Quand il eut achevé, il jeta dédaigneusement sur la table les feuilles revêtues du timbre de la pharmacie voisine.

— Qu'en pensez-vous ? — demanda le comte.

— Je pense que ces ordonnances sont ineptes...

— Les trouvez-vous dangereuses ?

— Assurément, puisqu'en fait de médicaments tout ce qui n'est pas salutaire est dangereux... — Faites-moi donner ce qu'il faut pour écrire, je vous prie...

Yvan lui présenta encre, plume et papier.

Serge Iwanow traça rapidement quelques lignes qu'il signa et qu'il tendit au comte en ajoutant :

— Faites préparer sous vos yeux, je vous en prie, et administrez cela vous-même...

— Comptez sur moi...

— Maintenant, mon cher malade, — reprit le médecin russe en s'adressant à Albert, — je vais vous traiter sérieusement... — Appelé par notre ami commun à l'insu de votre père, ma position est très délicate et même un peu fausse... — En toute autre circonstance je ne l'aurais point acceptée, mais je ne puis rien refuser au comte Yvan et j'espère que le succès m'absoudra...

— Vous me guérirez, docteur ? — demanda vivement Albert.

— Avec l'aide de Dieu et du comte Yvan, oui...

— Et vous me guérirez vite ?

— Avant trois semaines, vous serez debout...

— Ah ! docteur... docteur... quelle reconnaissance ! ! — s'écria le jeune malade.

— Chut ! ! — Ne vous animez pas ! — D'ailleurs, mon cher enfant, si vous devez de la reconnaissance à quelqu'un c'est au comte Yvan et non à moi... — Moi, je suis médecin... — Guérir mes malades est non seulement mon métier mais mon devoir !... — Maintenant je vous recommande d'éviter toute émotion, de garder le calme d'esprit, et d'obéir aveuglément à ceux qui veulent vous voir vivre...

— J'éviterai les émotions, docteur, — répondit Albert, — je garderai le calme d'esprit, et j'obéirai...

— Alors tout ira bien...

— Quand vous reverrai-je ?

— Demain...

— A demain alors !...

— Serge Iwanow serra la main du jeune homme et se retira.

Le comte descendit avec lui, ne confiant à personne le soin de faire préparer le médicament dont Serge avait écrit la formule.

XXXI

A l'hôtel de la rue de Verneuil se passait, presque en même temps, une scène bien différente.

Le docteur Dufresnes était venu de bonne heure.

Valentine l'attendait au passage.

Suivant les recommandations de Maurice et craignant que le comte Yvan ne réussît véritablement à sauver Albert de Gibray, elle pressa le médecin de faire auprès de Marie, avec M. Bressolles, la démarche qui devait la préparer à devenir la femme de Maurice.

Après avoir écouté Valentine silencieusement, le docteur demanda :

— Croyez-vous, chère madame, que le moment soit opportun ?...

17.

— Je le crois... — Ma fille a repris une partie
de sa gaieté, vous l'avez vu de vos propres yeux...
— M. Vasseur lui plaît beaucoup, du moins comme
ami... — De là à l'aimer comme mari, il n'y a
qu'un pas... — Hâtons donc une union qui doit
me conserver une enfant bien-aimée...

En disant ce qui précède madame Bressolles,
ex-Valentine Dharville, se montrait tout simplement comédienne de génie.

Aucune actrice acclamée de nos premières scènes
n'aurait mieux déguisé la plus monstrueuse hypo-
crisie sous les apparences de la tendresse mater-
nelle.

Maîtresse infidèle, épouse parjure, mère dénaturée, cette femme était un monstre très complet,
un de ces monstres qui, grâce au ciel, sont une
exception même parmi les pires créatures.

— Soit, — répondit le médecin, convaincu par
le raisonnement et surtout par l'accent de son in-
terlocutrice, — je parlerai ce matin même à notre
chère convalescente...

— Ami docteur, vous ferez une action méri-
toire...

— Où est votre mari?

— Dans son cabinet... — Voulez-vous que je lui fasse dire de venir ici?...

— Non... — Je préfère aller le rejoindre...

M. Dufresnes rejoignit en effet l'ex-architecte et lui démontra que le moment d'agir était venu.

Ludovic Bressolles voulait à tout prix sauver sa fille mais nous savons déjà que, s'il acceptait le mariage avec Maurice Vasseur comme moyen de salut, c'était sans enthousiasme et avec une sorte de répugnance instinctive.

Contraint de se résigner, la situation lui semblant sans autre issue que celle-là, il baissa la tête et ne fit aucune objection.

— Venez... — dit-il au médecin.

Tous les deux montèrent à l'appartement de Marie.

Levée depuis une heure et complètement habillée déjà, la pauvre enfant était étendue sur une chaise longue.

Elle pensait à Albert qu'elle n'espérait presque plus revoir.

Elle se demandait si Gabriel Servet avait remis sa lettre à celui qui s'était dévoué si héroïquement pour elle, et qui mourait de ce dévouement.

Bref, les pensées les plus noires envahissaient

son âme; — une mélancolie profonde se lisait sur
son doux visage.

L'arrivée de son père et du docteur la tira de sa
rêverie.

Elle accueillit ses deux visiteurs par un sourire.

M. Bressolles alla vivement à elle et l'embrassa.

— Eh bien, chère enfant, — lui demanda le médecin, — comment allez-vous aujourd'hui?

— Il me semble que je vais un peu mieux...

— Les idées sombres?...

Ne pouvant et ne voulant pas expliquer ce qui
se passait en elle, Marie répondit en rougissant un
peu de son mensonge :

— Elles sont moins fréquentes...

— La fièvre?...

— Je ne sais si c'est la fièvre, mais par instants
il me semble que mon sang brûle dans mes veines
et me monte au visage, puis aussitôt après j'ai des
frissons comme si mon sang se glaçait...

— Et, à la suite de ces bouffées de chaleur et
de ces froids soudains, qu'éprouvez-vous?...

— Une grande fatigue et de sourdes douleurs
dans les membres...

— La tête?...

— C'est bien difficile à définir...

— Lourde, n'est-ce pas?

— Tantôt très lourde et tantôt très vide...

— Expliquez-vous mieux, chère enfant... — Qu'entendez-vous par la tête vide?...

— J'entends que par moments la force de penser me manque... il me semble que je n'ai plus aucune idée... — Les objets familiers qui m'entourent m'apparaissent sous des formes bizarres... — C'est comme si je rêvais tout éveillée...

Le docteur tressaillit.

— Et souvent, cela? — demanda-t-il.

— Cela m'arrive assez souvent depuis trois jours...

— Avant, ou après vos repas?...

— Plutôt après qu'avant...

Ludovic Bressolles ne perdait pas un mot de l'entretien qui précède.

Il écoutait avidement et, si les réponses de Marie aux questions de M. Dufresnes lui semblaient inquiétantes, sa bonne figure un peu rougeaude pâlissait.

— Mon enfant, — dit le docteur après un court silence, — de ce que vous venez de me dire résulte pour moi une conviction, ou plutôt une certitude, celle-ci : — Vous êtes toujours, jusqu'à un certain point, sous l'influence du virus mêlé à votre sang par la morsure d'un reptile venimeux.

— Vous croyez?... — s'écria Marie très émue.

— J'en suis même sûr, mais il ne faut point vous effrayer pour cela... — Je me garderais bien de vous parler avec cette franchise quasi brutale si le remède n'existait à côté du mal...

— Ce remède existe?...

— Certes!...

— Alors, je guérirai?

— Cela dépend absolument de vous... — Pour guérir vous n'aurez qu'à le vouloir...

— Comment?

— Vous tenez à la vie, n'est-ce pas?...

Marie rougit et pâlit successivement.

En moins d'une seconde des idées contradictoires traversèrent son cerveau.

Elle songea que si Albert de Gibray mourait elle ne tiendrait point à la vie; puis elle se dit que son père mourrait de sa mort, et que le dévouement filial lui commandait de vivre.

La dernière pensée, celle du devoir, l'emporta.

Aussi, murmura-t-elle d'une voix faible :

— Oui, docteur... je tiens à la vie...

En même temps elle fermait les yeux pour empêcher ses larmes de couler.

M. Dufresnes reprit :

— Et vous avez bien raison, chère enfant ! — Il
faut vivre et guérir, non seulement pour vous qui
avez dans les mains tout un long avenir de bonheur,
mais encore pour ceux qui vous entourent d'affection, qui n'existent que pour vous et par vous, et
trouveraient le monde dépeuplé si vous n'y étiez
plus !... — Demandez à votre père s'il vous survivrait !...

— Ah ! jamais ! jamais !... — balbutia Ludovic
Bressolles dont les sanglots contenus jusque-là
éclatèrent. — Qu'est-ce que je ferais ici-bas, grand
Dieu, sans ma fille ? — Puis-je avoir un bonheur,
une joie, autrement que par elle ?...

Marie, suffoquée elle aussi par l'émotion, se
leva vivement, jeta ses bras autour du cou de l'ex-
architecte et répondit :

— Mon père... mon bon père... pourquoi
pleures-tu ? — Je t'aime, tu le sais, et pour toi je
ne veux pas mourir... — Docteur, cher docteur,
sauvez-moi, guérissez-moi... Vous voyez bien qu'il
faut que je vive...

— Alors, écoute le docteur, écoute-le, ma chérie, — dit d'une voix brisée l'ex-architecte, dont les larmes brûlantes mouillaient le visage de sa fille...

— Impose le calme à ton cœur, la résignation à ton âme... — Ne nous condamne pas tous les deux, puisqu'il n'est qu'un moyen de te sauver, et que vivre sans toi me serait impossible...

Le vieillard suffoquait.

De longs sanglots soulevaient sa poitrine et s'étranglaient dans sa gorge.

Le médecin, qui était en même temps l'ami, avait les yeux humides en assistant à cette scène douloureuse.

Marie se tourna brusquement vers le docteur.

— Mais qu'allez-vous donc me demander? — qu'attendez-vous de moi? — que dois-je faire? — balbutia-t-elle avec épouvante.

— Vous marier, mon enfant... — répliqua M. Dufresnes.

La jeune fille frissonna de la nuque aux talons, comme si pour la seconde fois la dent venimeuse d'un reptile entamait sa chair.

— Me marier !... —'répéta-t-elle effarée.

— Il le faut...

— Et c'est là l'unique remède du mal qui lentement me mine ?...

— L'unique remède, oui... — La situation n'a qu'une issue... — Ce n'est pas moi seul qui l'affirme, ce sont les princes de la science... — Soyez épouse... le salut est là...

— Mais celui que j'aime... celui qui m'aime... est malade comme moi, bien malade, et ne peut m'épouser!... — s'écria la jeune fille avec un accent de désespoir inouï.

— Aussi n'est-ce pas de lui qu'il s'agit...

— Il me semble que je deviens folle... — Avoir un autre mari qu'Albert, c'est impossible!!

— Mon enfant, mon enfant chérie, ne me désespère pas!... — bégaya Ludovic Bressolles en joignant ses mains suppliantes. — Éloigne de ton cœur un rêve que la mort va briser... qu'elle a brisé peut-être à cette heure...

Marie devint pâle comme un spectre et passa ses deux mains avec un geste d'horreur dans ses cheveux qui s'éparpillèrent sur ses épaules.

Elle ne prononça que ces trois mots :

— Albert est mort!...

— Ou il va mourir... — répliqua le docteur...

— Mais alors on me trompait donc hier en me disant qu'on pouvait espérer?... — reprit-elle avec une sorte de délire. — On m'abusait... On avait compassion de moi, et c'est vous qui me torturez aujourd'hui sans pitié !...

M. Bressolles se laissa tomber à genoux.

Ses lèvres remuèrent, mais il lui fut impossible d'articuler une parole.

— Albert n'est plus, — reprit impétueusement la jeune fille, — et vous me. demandez de l'oublier... — Oh ! mon père !... — Jamais, cela ! jamais ! ! — S'il est parti, je veux le suivre...

L'ex-architecte releva la tête.

— Eh bien, soit ! — dit-il d'un ton de sombre résolution. — Je ne t'implore plus ! — Suis-le... — Je te suivrai...

XXXII

Marie paraissait affolée.

En entendant les dernières paroles de Ludovic Bressolles, l'expression de sa figure changea tout à coup et devint relativement calme.

— Allons... — murmura l'enfant d'une voix sourde et comme se parlant à elle-même, — tout est fini... plus d'espoir... plus rien... — Si je ne suis pas morte de toutes les secousses qui m'ont assaillie, de toutes les douleurs qui m'ont brisée, c'est que Dieu veut que je vive... C'est qu'il m'ordonne de vivre pour mon père...

Elle jeta les yeux sur le vieillard toujours à genoux, toujours inondé de larmes, elle le prit par les mains, le contraignit doucement à se relever, et lui dit :

— Père, ne pleurez plus... — Le sacrifice est fait... — Ne parlons plus du passé... — Je guérirai, je vous le promets... — A quelque prix qu'il faille acheter la guérison, je guérirai... pour vous...

Ludovic Bressolles se dressa péniblement, saisit sa fille dans ses bras et la couvrit de baisers.

Marie reprit.

— Le sacrifice est accepté, je le répète... — Vous pouvez parler sans crainte, je vous écouterai avec autant de calme que s'il ne s'agissait pas de moi... — Qui me destinez-vous pour mari ?

— M. Maurice Vasseur... — répondit le médecin.

— Je m'en doutais... — Je le crois honnête homme... Je serai une honnête femme... Je remplirai mon devoir... mon devoir tout entier... mais il ne faudra pas me demander plus...

— Tu consens? — s'écria l'ex-architecte, l'âme inondée tout à la fois de douleur et de joie.

— Oui, père, je consens... — Quand aura lieu notre mariage ?...

— D'ici à un mois, je pense...

— Pourquoi ce retard? — demanda le docteur.

— Pourquoi ne pas terminer tout dans les délais légaux...

— Cela vaudrait mieux, en effet, — murmura M. Bressolles — mais Marie...

— Ne vous inquiétez pas de moi... — interrompit l'enfant, — agissez aussi vite que vous voudrez... — Ce que vous ferez sera bien fait...

— Tu dis cela sans arrière-pensée, mignonne?...

— Oui, je vous le jure !...

Le pauvre père prit de nouveau sa fille dans ses bras, la pressa sur son cœur et l'embrassa avec un redoublement de tendresse, en balbutiant :

— Oh ! mon enfant bien-aimée, mon cher trésor, mon unique affection en ce monde, je te devrai donc le bonheur de ma vieillesse!... — Essuie tes yeux et viens embrasser ta mère...

Marie obéit.

En la voyant si calme, au moins en apparence, Valentine crut que le père et le docteur n'avaient point parlé mariage.

Sa stupéfaction fut au comble quand elle entendit Ludovic Bressolles lui dire :

— Elle sait tout... Elle consent...

En ce moment on annonça Maurice.

Madame Bressolles sentit au cœur un coup terrible.

Elle pensait :

— Quoi, l'idée de ce mariage ne met pas une larme dans ses yeux ? — Elle est presque souriante en renonçant à ses rêves d'amour pour Albert de Gibray... — Me serais-je trompée ?... — Est-ce qu'elle aimerait Maurice ?...

Maurice entra.

Valentine, les sourcils froncés, le couvrit d'un regard jaloux.

Marie tendit la main au nouveau venu.

— Venez, monsieur Vasseur, — lui dit-elle. — J'ai une nouvelle à vous apprendre.

— Une nouvelle ?... — répéta Maurice.

— Oui.

— Est-elle bonne, mademoiselle ?...

— C'est à vous d'en juger... — Mon père m'a tout à l'heure annoncé qu'avant un mois je porterais votre nom...

— Et qu'avez-vous répondu ?... — s'écria le jeune homme étourdi de la nouvelle.

— J'ai répondu que je consentais... et je vous remercie, monsieur Maurice, je vous remercie de tout mon cœur de votre dévouement...

— De mon dévouement?... — balbutia le fils d'Aimée Joubert, rougissant malgré lui.

— Oui, certes... — répondit la jeune fille. — Oh! je ne me fais pas d'illusion... — Vous cédez à la bonté de votre cœur, à la pitié que je vous inspire... Vous m'épousez pour me sauver...

— J'aurai ma récompense... — répondit Maurice, dont l'aplomb cynique était revenu. — Vous ne souffrirez pas longtemps désormais...

Personne, — excepté le misérable qui les prononçait, — ne pouvait comprendre le sens effroyable de ces paroles.

Valentine se mordait les lèvres de rage.

— Vous déjeunez avec nous, docteur? — demanda M. Bressolles.

— J'accepte bien volontiers; — répondit le médecin. — Je veux être le premier à boire à la santé et au bonheur des futurs époux...

L'ex-architecte reprit, en s'adressant à Maurice :

— Après le déjeuner, mon cher enfant, nous causerons d'affaires...

Le fils d'Aimée Joubert s'inclina.

Dès que le repas fut terminé, — et il ne se prolongea pas longtemps, — M. Bressolles conduisit

Maurice dans son cabinet où il entama ainsi l'entretien :

— Si vous le voulez bien, mon cher fils — (vous me permettez de vous appelez ainsi, n'est-ce pas ?) — nous allons régler votre avenir et celui de Marie... — Je vous connais depuis peu de temps, mais je crois vous connaître assez pour être certain que vous ferez le bonheur de ma fille... — Je ne peux mettre en doute une affection prouvée par un grand dévouement ; vous aimez Marie et elle vous devra son salut, cela suffira pour que je vous aime ; seulement je désire ne rien ignorer de votre passé... Donc parlez moi de vous... de votre famille...

— J'ai tout d'abord, monsieur, un aveu à vous faire... — dit Maurice.

— L'aveu d'une faute ? — demanda Ludovic inquiet.

— Non, mais d'un malheur...

— Lequel ?

— Je suis un enfant naturel...

— C'est un malheur en effet, ce n'est pas une faute... J'aurais donc mauvaise grâce à vous adresser à ce sujet le moindre reproche... — Votre père, le vrai coupable, le seul coupable, existe-t-il ?

— Non, monsieur, il est mort...

— Votre mère vous reste ?

— Oui... la meilleure des mères... et la plus honnête des femmes, qui n'a eu dans sa vie qu'un instant de faiblesse dont un lâche a su abuser... — Ma mère viendra bientôt vous remercier, monsieur, du grand honneur que vous faites à son fils...

— Je serai heureux de la recevoir, et je la crois digne de la profonde et respectueuse tendresse qu'elle vous inspire...

— Aucune femme au monde ne saurait la mériter mieux...

— Une autre question : — Vous n'avez sans doute d'autres ressources que celles résultant de votre travail ?...

— Pardonnez-moi, monsieur... — Ma mère me donne six mille francs par an ce qui, joint à l'argent gagné par ma plumee, me constitue une agréable aisance...

— C'est en effet très joli pour un jeune homme... la médiocrité dorée... *Aurea mediocritas*... mais ce serait tout à fait insuffisant pour mon gendre... — Occupez-vous de travaux littéraire, à merveille, mais que ce soit à vos heures, pour votre plaisir, et non pour faire face aux nécessités quotidiennes...

— Je donnerai à ma fille cinq cent mille francs de

dot, ce qui vous fera vingt-cinq mille livres de rente...

— Monsieur, vous me comblez!... — Que de reconnaissance...

— Vous ne m'en devez aucune... — Je fais mon devoir de père... — Maintenant, j'ai à vous demander une chose, à laquelle je tiens beaucoup et qui vous contrariera peut-être...

— Il est impossible qu'une chose désirée par vous me contrarie... — Quelle qu'elle soit, je l'accepte d'avance avec joie.

— Mon rêve est que vous ne quittiez pas cet hôtel après votre mariage, que vous viviez auprès de moi, que vous ne songiez point enfin à me priver de mon enfant...

— Ce que vous me demandez, monsieur, est très naturel, — répliqua Maurice, — je n'ai pas une objection à faire. — J'ajouterai même que j'accepte avec une joie vive la vie commune que vous m'offrez...

— Je vous remercie, mon fils... — Je vais faire préparer le contrat... — Les cinq cent mille francs vous seront remis en un bon sur la banque de France le jour de votre mariage, jour qu'il faudra hâter autant que cela dépendra de nous... — Préparez donc vos papiers, mettez-vous en règle sur tous les points, et nous irons ensemble à la mairie pour les publications légales... — J'ai hâte que vous soyez mon gendre...

— Demain ou après-demain, au plus tard, j'aurai rassemblé les pièces indispensables, et je viendrai avec ma mère vous les apporter...

— C'est entendu... — Quant à la signature du contrat, elle aura lieu dans quinze jours. — C'est votre avis, n'est-ce pas ?

— Absolument.

— Donc, nous voici d'accord sur tous les points... — Embrassez-moi, mon fils...

Le vieillard ouvrit ses bras.

Maurice s'y jeta avec une feinte effusion, et donna sans pudeur le baiser de Judas à l'honnête homme qu'il trompait.

Ludovic reprit :

— Présentement laissez-moi m'occuper de diverses choses que je dois régler avant de me rendre chez mon notaire, et allez retrouver ces dames...

Le fils d'Aimée Joubert suivit ce conseil.

Marie était remontée dans sa chambre, afin d'y pleurer librement.

Valentine attendait seule au salon.

— Maurice, — lui dit-elle avec un accent farouche, — je me défie... j'ai peur...

— De quoi ?

— Ma fille a consenti trop vite...

— Qu'est-ce que cela prouve ?... — Le docteur lui a persuadé que si elle mourait son père ne lui survivrait pas, et elle se sacrifie... Mais elle est bien malade, rien ne peut la sauver... — Quelques jours après le mariage je serai veuf, par conséquent libre, et installé dans cette maison d'où je ne sortirai plus...

— Et tu m'aimeras toujours ?... — demanda Valentine un peu rassurée.

— Pardieu ! !

Maurice prit son chapeau.

— Tu me quittes déjà ! — s'écria madame Bressolles.

— Oui, tout un monde d'affaires... — Je reviendrai dîner...

— A ce soir donc !...

— A ce soir...

FIN DU CINQUIÈME VOLUME

F. Aureau. — Imprimerie de Lagny.

www.ingramcontent.com/pod-product-compliance
Lightning Source LLC
Chambersburg PA
CBHW072352030726
47505CB00014B/1668